Soldatengeschichten

Rudyard Kipling

Impressum

Autor: Rudyard Kipling
Übersetzung: General von Sichart
Umschlagkonzept: toepferschumann, Berlin

Verlag: tredition GmbH, Hamburg
ISBN: 978-3-8424-6898-6
Printed in Germany

Tucholsky Wagner Zola Scott Schlegel
Turgenev Sydow Freud
Fonatne
Wallace Friedrich II. von Preußen
Twain Walther von der Vogelweide Fouqué
Weber Freiligrath Frey
von Fallersleben Kant Ernst
Fechner Weiße Rose Frommel
Fichte Hölderlin Richthofen
Engels Fielding Eichendorff Tacitus Dumas
Fehrs Faber Flaubert Eliasberg Ebner Eschenbach
Feuerbach Maximilian I. von Habsburg Fock Eliot Zweig Vergil
Ewald
Goethe Elisabeth von Österreich London
Mendelssohn Balzac Shakespeare Dostojewski Ganghofer
Lichtenberg Rathenau Doyle Gjellerup
Trackl Stevenson Hambruch
Mommsen Tolstoi Lenz Droste-Hülshoff
Thoma Hanrieder
Dach Verne von Arnim Hägele Hauff Humboldt
Reuter Hagen Hauptmann Gautier
Karrillon Rousseau
Garschin Defoe Baudelaire
Damaschke Descartes Hebbel Hegel Kussmaul Herder
Wolfram von Eschenbach Dickens Schopenhauer Rilke George
Bronner Darwin Melville Grimm Jerome
Campe Horváth Aristoteles Bebel Proust
Bismarck Vigny Barlach Voltaire Federer Herodot
Gengenbach Heine
Storm Casanova Lessing Tersteegen Grillparzer Georgy
Chamberlain Langbein Gilm Gryphius
Brentano Lafontaine
Strachwitz Claudius Schiller Kralik Iffland Sokrates
Katharina II. von Rußland Bellamy Schilling Tschechow
Gerstäcker Raabe Gibbon
Löns Hesse Hoffmann Gogol Wilde Vulpius
Luther Heym Hofmannsthal Klee Hölty Morgenstern Gleim
Roth Heyse Klopstock Kleist Goedicke
Luxemburg Puschkin Homer Mörike
Machiavelli La Roche Horaz Musil
Navarra Aurel Musset Kierkegaard Kraft Kraus
Nestroy Marie de France Lamprecht Kind Kirchhoff Hugo Moltke
Laotse Ipsen Liebknecht
Nietzsche Nansen Ringelnatz
Marx Lassalle Gorki Klett Leibniz
von Ossietzky May vom Stein Lawrence Irving
Petalozzi Knigge
Platon Pückler Michelangelo Kafka
Sachs Poe Liebermann Kock Korolenko
de Sade Praetorius Mistral Zetkin

Der Verlag tredition aus Hamburg veröffentlicht in der Reihe **TREDITION CLASSICS** Werke aus mehr als zwei Jahrtausenden. Diese waren zu einem Großteil vergriffen oder nur noch antiquarisch erhältlich.

Symbolfigur für **TREDITION CLASSICS** ist Johannes Gutenberg (1400 — 1468), der Erfinder des Buchdrucks mit Metalllettern und der Druckerpresse.

Mit der Buchreihe **TREDITION CLASSICS** verfolgt tredition das Ziel, tausende Klassiker der Weltliteratur verschiedener Sprachen wieder als gedruckte Bücher aufzulegen – und das weltweit!

Die Buchreihe dient zur Bewahrung der Literatur und Förderung der Kultur. Sie trägt so dazu bei, dass viele tausend Werke nicht in Vergessenheit geraten.

Text der Originalausgabe

Soldatengeschichten

Einzig berechtigte Uebertragung aus dem Englischen von General
von Sichart

Krischna Mulvaney.

Anm.: Auf Wunsch des Übersetzers bemerken wir, daß diese Erzählung nicht von ihm verdeutscht wurde.

Einmal lebten sehr weit von England drei Männer, die einander so liebten, daß weder Mann noch Weib sie trennen konnte. Sie waren nichts weniger als fein, und nicht geeignet, in die Vorzimmer vornehmer Leute gelassen zu werden, denn sie waren gemeine Soldaten in Ihrer Majestät Armee; und der gemeine Soldat in englischen Diensten hat wenig Zeit für seine Vervollkommnung. Seine Pflicht ist, sich und seine Ausrüstung fleckenlos sauber zu halten, sich zu hüten, öfter betrunken zu sein, als unbedingt nötig, seinen Vorgesetzten zu gehorchen und um Krieg zu beten. Alles dies thaten meine Freunde; und als Zugabe vollführten sie noch einige Faustkämpfe, die nicht im Dienstreglement vorgesehen waren. Ihr Schicksal bestimmte sie zum Dienst in Indien, das kein goldenes Land ist, obgleich manche Dichter es als solches besungen haben. Die Menschen sterben dort mit großer Schnelligkeit, und die, welche leben bleiben, erfahren viele und merkwürdige Dinge. Ich glaube nicht, daß meine Freunde sich viel um die sozialen oder politischen Verhältnisse des Orients kümmerten. Sie nahmen an einem nicht unbedeutenden Kriege an der Nordgrenze teil, an einem andern an der Westgrenze und an einem dritten in Ober-Birma. Dann bezog ihr Regiment Quartier, um sich zu ergänzen, und die grenzenlose Eintönigkeit des Lebens in einer Militärstation ward ihr Teil. Sie wurden morgens und abends auf demselben Exerzierplatze gedrillt. Sie spazierten zwei lange Jahre hindurch dieselbe weiße, staubige Straße auf und ab, besuchten dieselbe Kirche und dieselbe Branntweinkneipe und schliefen in derselben weißgetünchten Kaserne. Einer war Mulvaney, der Vater der Truppe, der bei verschiedenen Regimentern von Bermuda bis Halifax gedient hatte, ein alter Krieger, narbenbedeckt, sorglos, in keiner Lage um ein Auskunftsmittel verlegen und in seinen frommen Stunden ein unvergleichlicher Soldat. An ihn wendete sich ein sechs und einen halben Schuh großer, schwerfälliger Yorkshirer, im Hügelland geboren, im Thale aufgewachsen und im wesentlichen zwischen den Wagen hinter dem Bahnhofe von York erzogen, um Rat und Hilfe. Sein Name war Learoyd und seine vornehmste Tugend eine unerschöpfliche Geduld, kraft deren er in den Faustkämpfen Sieger blieb, wie Ortheris, ein Foxterrier von einem Cockney, dazu kam, einer der drei zu werden, ist ein Rätsel, das ich bis heute nicht erklären kann, »Wir sind immer drei gewesen,« pflegte Mulvaney zu sagen. »Und mit Gottes Hilfe werden wir, solange wir dienen, immer drei bleiben. Es ist besser so.«

Sie verlangten keine Gesellschaft außer ihrer eignen, und es war für keinen Mann des Regiments geraten, sich mit ihnen in einen Streit einzulassen. An physische Beweisgründe war nicht zu denken, soweit Mulvaney und Learoyd in Betracht kamen, und ein Angriff auf Ortheris bedeutete eine kombinierte Attacke dieser beiden – ein Handel, wonach keine fünf Mann des Regiments vereint lüstern waren. Daher blühten und gediehen sie und teilten ihre Getränke, ihren Tabak und ihr Geld, Glück und Unglück, Kampf und Todesgefahr, Leben und Fröhlichkeit, von Calicut im Süden bis zu Peschawar im Norden Indiens.

Ohne jedes Verdienst meinerseits wurde mir das Glück zu teil, in gewissem Grade zu ihrer Freundschaft zugelassen zu werden – bereitwillig von Mulvaney von Anfang an, übellaunig und widerstrebend von Learoyd und mißtrauisch von Ortheris, der der Ansicht war, daß kein Richtmilitär mit einem Rotrock fraternisieren könne.

»Gleich und gleich,« sagte er. »Er ist ein vermaledeiter Zivilist, ich bin ein vermaledeiter Soldat. Es ist unnatürlich, und damit fertig.«

Aber damit waren wir nicht fertig. Sie tauten allmählich auf und erzählten mir mehr von ihrem Leben und ihren Abenteuern, als ich je niederschreiben werde.

Alles andre überspringend, beginnt diese Geschichte mit dem schrecklichen Durst, welcher der Ursprung aller Dinge war. Nie hat es einen solchen Durst gegeben, sagte mir Mulvaney. Sie wehrten sich gegen ihre unfreiwillige Tugend, aber nur einer war erfolgreich in seinen Anstrengungen, und das war Ortheris. Er, dessen Talente zahlreich waren, ging auf die Straße hinaus und stahl den Hund eines Zivilisten – das heißt irgend jemandes, er wußte nicht wessen, der nicht der Armee angehörte. Nun war der Zivilist aber erst vor kurzer Zeit durch Heirat mit dem Obersten verwandt geworden, es wurde von einer Seite Geschrei erhoben, von der Ortheris es am wenigsten erwartet hatte, und schließlich war er, um Schlimmeres zu vermeiden, gezwungen, gegen lächerlich geringes Entgelt sich von einem so vielversprechenden kleinen Terrier zu trennen, als je einer das Ende einer Hundeleine zierte. Der Erlös reichte kaum für einen einzigen kleinen Ausbruch hin, der ihn auf die Wachtstube brachte. Er kam jedoch mit einer scharfen Ermahnung und einigen Stunden Strafexerzieren davon. Nicht umsonst hatte er den Ruf erworben, »der beste Soldat seines Maßes« im Regiment zu sein. Mulvaney predigte persönliche Sauberkeit und Tüchtigkeit als die ersten Glaubensartikel ihres Freundschaftsbundes. »Ein Schmutzfink,« pflegte er zu sagen, »kommt ins Joch, weil er die Kniee nicht durchdrückt, und vors Kriegsgericht, weil ihm ein Paar Socken fehlen; aber ein sauberer Mann, so einer, der eine Zierde seiner Kompagnie ist, ein Mann, dessen Knöpfe Gold sind, dessen Rock wie angegossen sitzt, und der kein Fleckchen an sich hat, – ein solcher Mann darf, das sage ich Euch, thun, was er will, und sich auch einen Mordskanonenrausch antrinken. Das ist der Vorteil, wenn man proper ist.«

Wir saßen eines Tages weit von der Kaserne im Schatten einer Schlucht beisammen, durch die bei regnerischem Wetter ein Bach floß, Hinter uns lag der Busch-Dschungel, in dem Schakale, Pfauen, die grauen Wölfe der nordwestlichen Provinzen und zuweilen ein von Zentralindien hierher verschlagener Tiger wohnen sollten, vor uns lag die Kaserne blendend weiß in blendender Sonne; und nach beiden Seiten erstreckte sich die breite Straße, die nach Delhi führte.

Durch den Busch kam ich auf den Gedanken, daß es wohlgethan wäre, wenn Mulvaney sich einen Tag Urlaub nehmen würde, um einen Jagdausflug zu unternehmen. Der Pfau ist in ganz Indien ein heiliges Tier, und derjenige, der einen tötet, läuft Gefahr, von den Bewohnern des nächsten Dorfes mißhandelt zu werden; aber als Mulvaney das letzte Mal ausgezogen war, hatte er es zuwege gebracht, ohne die lokale religiöse Empfindlichkeit im geringsten zu verletzen, mit sechs prächtigen Pfauenbälgen zurückzukehren, die er gewinnbringend verkaufte. Es war deshalb nicht unmöglich – –

»Aber was hat es für einen Sinn, fortzugehen, ohne etwas zu trinken zu haben? Der Boden ist zundertrocken, und es geht einem in die Kehle, daß man meint, man muß hin werden,« sagte Mulvaney kläglich, indem er mich vorwurfsvoll anblickte. »Und ein Pfau ist kein Vogel, den man beim Schwanz erwischen kann, wenn man nicht rennt. Kann ein Mensch rennen, wenn er nur Wasser hat, und noch dazu Dschungelwasser?«

Ortheris hatte die Sache nach allen Seiten hin in Betracht gezogen. Und er sprach nun, gedankenvoll an seinem Pfeifenmundstück kauend:

»Geh du nur. Erschießen wirst du dich ja nicht, solange noch Aussicht auf etwas Trinkbares da ist. Ich und Learoyd werden zu Hause bleiben und derweil die Wirtschaft führen. Du aber geh mit einem Schießgewehr fort und fang die kleinen Pfauen oder sonst was. Du kannst einen Tag Urlaub so leicht haben als ein Aug' zudrücken. Geh und nimm ihn, und bring ein paar Pfauen oder sonst was.«

»Jock?« sagte Mulvaney, sich gegen Learoyd wendend, der im Schatten des Abhanges halb eingeschlafen war. Er erwachte langsam.

»Geh, Mulvaney,« sagte er.

Und Mulvaney ging, indem er seine Genossen mit irischer Zungengeläufigkeit und im saftigsten Kasernenjargon verfluchte.

»Merkt's Euch,« sagte er, als er seinen Urlaub bekommen hatte und in seinen schlechtesten Kleidern mit einer der beiden Vogelflinten des Regiments in der Hand erschien. »Merk dir's, Jock, und du, Ortheris, ich gehe gegen meinen Willen, nur Euch zu Gefallen. Ich glaube nicht, daß etwas dabei herauskommt, wenn man so mir nichts dir nichts in einem wüsten Land auf Pfauen jagen geht; und ich weiß gewiß, daß ich mich hinlegen und vor Durst sterben werde. Ich soll Pfauen für Euch fangen, ihr faulen Schlingel, und mich von den Bauern steinigen lassen – uff!«

Er bewegte eine Riesentatze gegen sie und ging.

In der Dämmerung, lange vor der bestimmten Stunde, kehrte er mit leeren Händen und stark beschmutzt zurück.

»Pfauen?« sagte Ortheris von dem behaglichen Ruheplatze eines Kasernentisches aus, auf dem er mit übereinandergeschlagenen Beinen rauchte, während Learoyd auf einer Bank fest schlief.

»Jock,« sagte Mulvaney, ohne zu antworten, indem er den Schläfer aufrüttelte, »kannst du boxen? willst du boxen?«

Der halbwache Yorkshirer brauchte eine Weile, bis er den Sinn der Worte begriff. Er verstand endlich – und doch, was sollte das bedeuten? Mulvaney schüttelte ihn heftig. Die Leute im Zimmer brüllten vor Entzücken. Es gab endlich Krieg in dem Bunde – Krieg und Entzweiung.

Die Kasernenetikette ist streng. Auf eine direkte Herausforderung muß eine direkte Antwort erfolgen. Dies ist bindender als die Bande bewährter Freundschaft. Nochmals wiederholte Mulvaney die Frage. Learoyd antwortete in der einzigen Weise, die ihm zu Gebote stand, und so schnell, daß Mulvaney kaum Zeit hatte, dem Stoß auszuweichen. Das Gelächter ringsherum vermehrte sich. Learoyd sah verwirrt auf seinen Freund – der seinerseits nicht minder verdutzt war. Ortheris fiel vom Tische herunter, denn seine Welt stürzte ein.

»Kommt hinaus,« sagte Mulvaney, und als die Insassen des Mannschaftszimmers sich fröhlich anschickten, zu folgen, drehte er sich um und sagte wütend: »Heute giebts keinen Gang, ausgenommen einer von Euch hätte Lust dazu. Wer das will, der kommt mit.«

Keiner rührte sich. Die drei begaben sich hinaus auf den mondbeschienenen Exerzierplatz, und Learoyd nestelte an den Knöpfen seines Rockes. Der Exerzierplatz war verödet, von einigen streifenden Schakalen abgesehen. Mulvaney zog in seinem Ungestüm die Freunde weit ins Freie hinaus, ehe Learoyd Miene machte, sich umzuwenden und die Auseinandersetzung wieder aufzunehmen.

»Bleib doch ruhig. Es war meine Schuld, daß ich das Pferd beim Schwanz aufzäumte, Jock. Ich hätte sollen beim Anfang anfangen; aber Jock, mein Junge, bei deiner Seligkeit, bist du bereit für den schönsten Kampf, den es je gegeben hat – viel schöner, als mit mir zu boxen? Denk nach, ehe du antwortest.«

Verwirrter als je sah sich Learoyd zwei- oder dreimal um, fühlte sich an den Arm, führte einige Stöße und sagte: »Ich bin bereit.« Er war gewohnt, blind auf Geheiß des überlegenen Kopfes loszugehen.

Sie setzten sich nieder, während die Kameraden neugierig aus der Ferne herüberspähten, und Mulvaney erleichterte sein Gemüt in kräftigen Worten.

»Weil Ihr Verrückten es also gewollt habt, bin ich in den wilden Urwald hinausgegangen, wo es keinen Weg giebt. Und da hab' ich einen frommen Hindu auf einem Ochsenwagen getroffen. Ich nahm es als selbstverständlich an, daß er glücklich sein würde, mich ein Stückchen zu fahren, und hopps war ich im Wagen –«

»Du langes, faules schwarzes Schwein!« gröhlte Ortheris, der unter denselben Umständen genau dasselbe gethan hätte.

»Es war das Schlaueste, was ich hätte thun können. Der Niggermann fuhr Meilen und Meilen weit – bis zu der neuen Eisenbahn, die sie drüben überm Tawifluß bauen. ›Der Wagen ist nur für Erde,‹ sagte er von Zeit zu Zeit furchtsam, um mich hinauszubringen. ›Erde bin ich,‹ sag' ich, ›und die trockenste, die du je geführt hast. Fahr zu, mein Sohn, und Friede sei mit dir.‹ Dann bin ich eingeschlafen und hab' von nichts gewußt, bis er bei der neuen Eisenbahn stehen bleibt, wo die Kulis Erde graben. So an die zweitausend Kulis sind dort beschäftigt, wie ihr wißt. Gleich darauf läutet eine Glocke, und sie traben alle nach einer großen Zahlhütte. ›Wo ist der weiße Aufseher?‹ frage ich meinen Fuhrmann. – ›In der Hütte,‹ sagt er; ›macht eine Luderie.‹ – ›Ein was?‹ sag' ich. – ›Luderie,‹ sagt er. ›Du nimmst Los. Er nimmt Geld. Du kriegst nix.‹ – ›Oho!‹ sag' ich. ›Das nennt ein gebildeter Mensch, der eine Erziehung genossen hat, eine Lotterie, du verirrter Sohn der Finsternis und der Sünde. Führ mich hin zu der Lotterie, obschon, was sie hier so weit von ihrer Heimat zu thun hat – welche ein Wohlthätigkeitsbazar zu Weihnachten ist, mit der Frau Oberst hinter dem Tische, die über das ganze Gesicht grinst –, mehr ist, als ich verstehe.‹ Damit gehe ich zu der Zahlhütte und sehe, daß Zahltag für die Kulis ist. Ihre Löhne liegen auf dem Tisch vor einem riesigen, schönen roten Kerl – sieben Fuß hoch, vier Fuß breit und drei Fuß dick, mit einer Faust wie ein Kornsack. Er zahlt den Kulis ehrlich ihren Lohn aus, fragt aber jeden Mann, ob er diesen Monat mitspielen will, und jeder sagt natürlich ›ja‹. Dann zieht er ihnen das Spielgeld gleich vom Lohne ab. Wie alles gezahlt ist, füllt er eine alte Zigarrenschachtel mit Gewehrpfropfen und wirft sie unter die Kulis. Sie sind nicht gerade sehr entzückt von der Unterhaltung. Ein Mann nicht weit von mir hebt einen schwarzen Pfropfen auf und ruft: ›Ich hab' ihn!‹ – ›Viel Glück dazu,‹ sag' ich. Der Kuli geht hin zu dem riesigen, schönen roten Kerl, und der zieht ein Tuch weg von dem wunderschönsten emaillierten, mit Edelsteinen besetzten und ganz großartig verzierten Tragsessel, den ich in meinem Leben gesehen habe.«

»Tragsessel? Laß dich ausstopfen. Das war ein Palankin. Weißt du nicht einmal, was ein Palankin ist?« sagte Ortheris mit großer Geringschätzung.

»Ich nenn' es einen Tragsessel, und es bleibt ein Tragsessel, Kleiner,« erwiderte der Irländer. »Es war ein großartiges Ding von einem Sessel – ganz mit rosafarbener Seide gefüttert und mit roten Vorhängen verhängt. ›Da ist er‹ sagte der rote Mann.

– ›Da ist er,‹ sagt der Kuli und grinst, als hätte er Leibschmerzen. –› Kannst du ihn brauchen?‹ fragt der rote Mann. – ›Nein‹ sagt der Kuli; ›ich möchte ihn Euch zum Geschenk machen‹ – ›Ich nehme ihn gnädigst an,‹ sagt der rote Mann; und auf das rufen alle Kulis laut in einer Weise, die Freude vorstellen soll, und gehen wieder zu ihren Schaufeln zurück, so daß ich allein in der Hütte bleibe. Der rote Mann sieht mich, und sein Gesicht wird blau auf seinem dicken, fetten Halse. ›Was wollen Sie da?‹ fragt er.

– ›Stehen und sonst nichts‹ sag' ich, ›wenn nicht vielleicht etwas, was Sie niemals gehabt haben, und das sind Manieren, Sie lotteriespielender Lümmel‹ sage ich, denn ich wollte die Armee nicht geringschätzig behandeln lassen. – ›Hinaus!‹ sagt er, ›ich habe den Befehl über diesen Teil des Baues!‹ – ›Ich habe den Befehl über mich selber‹ sag' ich, ›und ich werde wahrscheinlich noch ein wenig bleiben. Es wird wohl viel gespielt in dieser Gegend?‹ – ›Was geht das Sie an?‹ fragt er. – ›Nichts,‹ sage ich, ›aber Sie desto mehr, denn ich glaube wahrhaftig, Sie ziehen die Hälfte Ihres Einkommens aus diesem Tragsessel. Wird der immer so ausgespielt?‹ sag' ich, und damit geh' ich zu einem Kuli, um einige Fragen an ihn zu stellen. Jungens, der Name dieses Menschen ist Dearsley, und der spielt diesen alten Tragsessel seit neun Monaten so aus, alle Monat einmal. Ein jeder Kuli seiner Abteilung nimmt an jedem Zahltag ein Los, sonst wird er fortgeschickt. Jeder Kuli, der gewinnt, schenkt ihm das Ding wieder, denn es ist zu groß zum Wegtragen, und derjenige, der es verkaufen wollte, würde den Laufpaß kriegen. Dieser Dearsley hat sich mit betrügerischem Lotteriespielen Roschusses Vermögen gemacht. Denkt nur, wie schändlich der unterdrückte Kuli ausgesogen wird, den die indische Armee beschützen und an ihrem Busen nähren soll. Zweitausend Kulis jeden Monat ausgeraubt!«

»Zum Henker mit den Kulis! Hast Du den Sessel, Mensch?« sagte Learoyd.

»Wart ein wenig. Als ich so den erstaunlichen und unglaublichen Betrug dieses Mannes Dearsley entdeckt und festgestellt hatte, hielt ich Kriegsrat, während er immer versuchte, mich mit Schimpfreden aufzustacheln, damit ich mich mit ihm boxe. Dieser Tragsessel ist nicht auf rechte Weise zu einem Kuli-Aufseher gekommen. Er hat einmal einem König oder einer Königin gehört. Es ist Gold darauf und Seide und alle Arten von Passamanterie. Jungens, es paßt nicht für mich, irgend was Unrechtes zu unterstützen – ich bin der älteste von Euch – aber – jedenfalls hat er ihn nun neun Monate gehabt, und er darf keinen Lärm schlagen, wenn er ihm weggenommen wird. Fünf Meilen von hier, oder vielleicht sechs –«

Es entstand eine lange Pause, und die Schakale heulten lustig, Learoyd entblößte einen Arm und betrachtete ihn im Mondlicht. Dann nickte er halb zu sich selbst, halb zu seinen Freunden, Ortheris zuckte die unterdrückte Erregung in allen Gliedern.

»Ich habe mir gedacht, daß du das Vernünftige der Sache einsehen wirst,« sagte Mulvaney. »Daher habe ich mir erlaubt, dem Manne das gleich zu sagen. Er hätte am liebsten einen direkten Frontangriff gehabt – mit Infanterie, Kavallerie und Artillerie – und alles für nichts, da ich doch das Zeug garnicht hätte wegtransportieren können. ›Ich will heute nicht mit Ihnen diskutieren‹ sag' ich, ›aber demnächst, Mister Dearsley, mein lotteriespielendes Zuckermännchen, werden wir darüber ausführlich miteinander reden. Es ist nicht erlaubt, den Nigger um seinen schwererworbenen Lohn zu beschwindeln, und soviel ich gehört habe‹ – mein Fuhrmann hatte mir's gesagt –, ›treiben Sie diese saubere Manipulation schon seit neun Monaten. Aber ich bin ein gerechter Mann,‹ sag' ich, ›und ohne davon zu sprechen, daß dieser goldene Ruhesessel dort nicht auf ehrliche Weise zu Ihnen gekommen ist,‹ – auf das spielte er alle Farben, so daß ich sah, daß ich den Nagel auf den Kopf getroffen hatte – ›nicht auf ehrliche Weise zu Ihnen gekommen ist, will ich mich mit Ihnen auf Ihren letzten Monatsgewinn einigen, daß ich nichts sage.‹

»Ah! Ho!« von Learoyd und Artheris.

»Dieser Dearsley will aber sein Unglück,« fuhr Mulvaney fort, gravitätisch den Kopf schüttelnd. »Die ganze Hölle hat keinen Namen, schlecht genug, den er mir nicht gab. Ja, er nannte mich einen Räuber! Mich, der ihn davor bewahren wollte, in seinen Uebelthaten fortzufahren ohne Reue – und bei einem Menschen, der ein Gewissen hat, kann die Reue das ganze Leben ändern. ›Ich will Ihnen nicht sagen,‹ sag' ich, ›Mister Dearsley, was Sie sind, aber so wahr ich lebe, ich werde Sie von der Versuchung erretten, die in diesem Tragsessel liegt.‹ – ›Erst werden Sie aber mit mir darum boxen müssen,‹ sagt er, ›denn ich weiß sehr gut, daß Sie sich nicht trauen werden, eine Anzeige zu machen.‹ – ›Boxen will ich,‹ sag' ich, ›aber nicht heute, denn ich bin durch schlechte Nahrung reduziert.‹ – ›Sie sind ein couragierter alter Bursch,‹ sagt er und mißt mich von oben bis unten, ›und es wird ein großartiger Gang werden. Essen Sie und trinken Sie jetzt und gehen Sie Ihrer Wege.‹ Damit gab er mir etwas zu essen und Whisky – guten Whisky – und wir sprachen von dem und jenem. ›Es kommt mir wirklich schwer an,‹ sag' ich, mir den Mund wischend, ›dieses Möbelstück zu konfiscieren, aber Gerechtigkeit ist Gerechtigkeit.‹ – ›Sie haben es noch nicht,‹ sagt er, ›erst kommt noch das Boxen.‹ – ›Ganz richtig,‹ sag' ich, ›Und ein schönes Boxen wird es werden. Sie sollen die Wahl unter den Besten aus meinem Regiment haben, zum Dank für Ihre heutige Mahlzeit.‹ Dann kam ich spornstreichs zu Euch. Haltet jetzt das Maul. Die Sache ist so. Morgen gehen wir drei hin, und er soll zwischen mir und Jock wählen. Jock täuscht das Auge, denn er sieht fett aus und bewegt sich langsam. Ich hingegen sehe aus wie lauter Muskeln und bewege mich schnell. Ich glaube, der Dearsley wird mich nicht nehmen; so werden ich und Ortheris Schiedsrichter sein, Jock, ich sag' dir, es giebt einen großartigen Gang – mit Schlagsahne und Marmelade. Wenn die Geschichte vorüber ist, werden wir drei nicht zu viel sein – Jock wird ziemlich arg zugerichtet sein –, um den Tragsessel wegzuschleppen.«

»Palankin,« warf Ortheris ein.

»Alles eins, wie er heißt, wir müssen ihn haben. Es ist das einzige verkäufliche Stück in der Nähe, das wir so billig haben können. Und was liegt schließlich an einem Gang? Er hat den Nigger auf unehrliche Weise beraubt. Wir berauben ihn auf ehrliche Weise, weil er mir Whisky gegeben hat.«

»Aber was werden wir mit dem vermaledeiten Kasten anfangen, wenn wir ihn haben? So ein Palankin ist so groß wie ein Haus und sehr schwer zu verkaufen, wie Mc-Cleary sagte, als er das Schilderhaus stahl.«

»Wer wird boxen, ich oder du?« fragte Learoyd, und Ortheris verstummte. Die drei kehrten ohne ein weiteres Wort in die Kaserne zurück. Mulvaneys letztes Argument war entscheidend gewesen. Dieser Palankin war ein beweglicher Gegenstand, verkäuflich und auf die einfachste und bequemste Art zu erlangen. Er würde schließlich zu Bier werden. Mulvaney war groß.

Am nächsten Nachmittag zog ein drei Köpfe starker Trupp aus und verschwand im Busch in der Richtung gegen die neue Eisenbahnlinie. Learoyd allein war sorglos, denn Mulvaney tauchte in eine ungewisse Zukunft, und der kleine Ortheris fürchtete das Unbekannte. Was sich bei jener Unterredung in der einsamen Zahlhütte bei dem halbvollendeten Bahndamm ereignete, wissen nur einige hundert Kulis, und ihre Erzählung ist ein wenig verwirrend. Sie lautet, wie folgt:

»Wir waren bei der Arbeit. Drei Männer in roten Röcken kamen. Sie kamen zu dem Sahib – Dearsley Sahib. Sie führten Reden; besonders der kleine Mann von den Rotröcken. Dearsley Sahib führte auch Reden und gebrauchte viele sehr starke Worte. Nach diesen Reden gingen sie auf einen offenen Platz, und hier kämpfte der dicke Mann in dem roten Rock mit Dearsley Sahib nach Art der weißen Männer – mit den Händen, ohne zu schreien und ohne jemals Dearsley Sahib an den Haaren zu reißen. Diejenigen von uns, die keine Angst hatten, sahen diesen Dingen so lange Zeit zu, als man braucht, um sein Mittagmahl zu kochen. Der kleine Mann in dem roten Rock hatte Dearsley Sahibs Uhr genommen. Nein, er stahl sie nicht; er hielt sie in der Hand, und zu gewissen Zeiten stieß er einen Schrei aus, und die zwei hörten mit ihrem Kampf auf, der gleich dem Kampf junger Stiere im Frühling war. Beide Männer waren bald ganz rot, aber Dearsley Sahib war viel röter als der andre. Da wir dies sahen und für sein Leben fürchteten – denn wir liebten ihn sehr –, wollten an fünfzig von uns sich auf die Rotröcke stürzen. Aber einer von ihnen – mit sehr schwarzen Haaren, ein andrer als der kleine Mann oder der dicke Mann, der kämpfte, – dieser Mann also, wir schwören es, lief auf uns zu und umfaßte mit seinen beiden Armen zehn oder fünfzig von uns und schlug unsre Köpfe zusammen, so daß unsre Herzen zu Wasser wurden und wir davon liefen. Es ist nicht gut, sich in die Kämpfe der weißen Männer zu mischen. Als Dearsley Sahib zu Boden gefallen war und sich nicht mehr erhob, sprangen diese Männer auf seinen Bauch und nahmen ihm all sein Geld und versuchten die Zahlhütte anzuzünden und gingen fort. Ist es wahr, daß Dearsley Sahib keine Klage erhebt, daß diese Dinge geschahen? Wir waren betäubt vor Furcht und können uns an nichts erinnern. Es war kein Palankin bei der Zahlhütte, was wissen wir von Palankinen? Ist es wahr, daß Dearsley Sahib zehn Tage lang nicht hierher kommt, weil er krank ist? Das ist die Schuld jener bösen Männer in roten Röcken, die schwer bestraft werden sollten; denn Dearsley Sahib ist unser Vater und unsre Mutter, und wir lieben ihn sehr. Jedoch, wenn Dearsley Sahib garnicht mehr hierher kommen sollte, so wollen wir die Wahrheit sprechen. Es war ein Palankin da, für dessen Erhaltung wir gezwungen waren, neun Zehntel unsers Monatlohnes herzugeben. Gegen solchen Tribut erlaubte uns Dearsley Sahib, uns vor ihm angesichts des Palankins zu Boden zu neigen. Was konnten wir thun? Wir waren arme Leute. Er nahm die volle Hälfte unsers Lohnes. Wird die Regierung uns diese Gelder zurückzahlen? Diese drei Männer in roten Röcken nahmen den Palankin auf ihre Schultern und gingen fort. Alles Geld, das Dearsley Sahib uns genommen hat, befand sich in den Polstern dieses Palankins. Sie haben es also gestohlen. Tausende von Rupien befanden sich da – all unser Geld. Es war unsre Sparbüchse, für die wir Dearsley Sahib mit Freuden drei Siebentel unsers Monatslohnes gaben. Warum sieht der weiße Mann uns mit ungnädigen Augen an? So wahr ein Gott ist, hier war ein Palankin, und jetzt ist kein Palankin hier, und wenn sie die Polizei hersenden, um nachzuforschen, so können wir nur sagen, daß niemals ein Palankin hier war. Wozu sollte ein Palankin hier bei diesem Bau sein? Wir sind arme Leute, und wir wissen von garnichts.« Dies ist die einfachste Wiedergabe der einfachsten Geschichte des Angriffs auf Dearsley. Ich empfing sie von den Lippen der Kulis. Dearsley selbst war nicht in der Verfassung, irgend etwas zu sagen, und Mulvaney bewahrte ein undurchdringliches Schweigen, nur hie und da davon unterbrochen, daß er sich die Lippen leckte. Er hatte einen so glorreichen Faustkampf gesehen, daß ihm selbst die Sprache versagte. Ich achtete seine Verschwiegenheit, bis ich drei Tage nach dem Vorfall in einem unbenutzten Stalle meines Hauses einen Palankin von außerordentlicher Fracht entdeckte, der offenbar in früherer Zeit die Sänfte einer Königin gewesen war. Die Stange, an der er zwischen den Schultern der Träger herabhing, war reich verziert mit bemaltem Papiermaché aus Kaschmir. Die Schulterkissen waren aus gelber Seide. Auf den Feldern der Sänfte selbst strahlten Darstellungen der Liebesabenteuer aller Götter und Göttinnen des indischen Olymps – Lack auf Zedernholz. Die Zedernholz-Schiebthüren waren mit Schließen aus durchscheinendem Dschaipur-Email versehen und liefen in silbernen Rinnen. Die Kissen waren mit Seidenbrokat aus Delhi bezogen, und die Vorhänge, die einst jeden Blick von der Schönsten des Königspalastes abhielten, waren starr von Gold. Bei näherer Betrachtung zeigte es sich, daß das ganze Kunstwerk überall durch Zeit und Gebrauch an Glanz und Farbe verloren hatte; aber auch in seinem gegenwärtigen Zustande war es prächtig genug, um einen Platz an der Schwelle einer königlichen Zenana zu verdienen. Ich fand garnichts daran auszusetzen, ausgenommen, daß es in meinem Stall stand. Als ich sodann versuchte, das Ding an einer der silberbeschlagenen Tragstangen zu lüpfen, mußte ich lachen. Die Straße von Dearsleys Zahlhütte zur Station war schmal und uneben, und von drei sehr ungeübten Palankinträgern zurückgelegt, deren einer arge Beulen am Kopfe hatte, mußte sie eine Schmerzensstraße gewesen sein. Gleichwohl leuchtete mir das Recht der drei Musketiere nicht ganz ein, mich zu einem Hehler für gestohlenes Gut zu machen.

»Ich bitte nur um die Gefälligkeit, daß Sie es bei Ihnen eingestellt lassen,« sagte Mulvaney, als ich die Sache seiner Erwägung anheimgab. »Es ist nichts Gestohlenes. Dearsley hat uns gesagt, es gehört uns, wenn wir darum boxen. Jock hat mit ihm geboxt – und, o Herr, wie die Unterhaltung am schönsten war, und Jock blutete wie ein abgestochenes Schwein, und der kleine Ortheris auf einem Fuße tanzte und quiekte und große Stücke von Dearsleys Uhr abzubeißen versuchte – da hätte ich meinen Zuschauerplatz dafür gegeben, daß Sie nur eine Runde hätten mitansehen können. Er nahm Jock, wie ich mir's gedacht hatte, und Jock täuschte ihn. Durch neun Runden waren sie einander gewachsen, und in der zehnten – Ja, also, mit dem Palankin. Es ist garnicht das geringste dabei zu fürchten, sonst hätten wir ihn nicht hergebracht. Sie sehen ein, daß die Königin – Gott segne sie! – nicht darauf rechnet, daß sich ein gemeiner Soldat Elefanten und Palankine und ähnliche Dinge in der Kaserne hält. Nachdem wir das Ding von Dearsley weg durch den schrecklichen Busch, der Ortheris beinahe das Herz brach, hergeschleppt hatten, haben wir es über Nacht in der Schlucht gelassen; und ein Hallunke von einem Stachelschwein und ein Schuft von einem Schakal haben darin ihr Nachtquartier aufgeschlagen, wie wir am nächsten Morgen sehen konnten. Nun frag' ich Sie, Herr, ist ein eleganter Palankin, der für eine Prinzessin gemacht ist, der richtige Aufenthaltsort für alles Ungeziefer der Station? Wir haben ihn also hergebracht, wie es dunkel war, und haben ihn in Ihren Stall gestellt. Machen Sie sich keine Gewissensbisse, Herr. Denken Sie, wie glücklich die Leute dort bei der Zahlhütte sein müssen, da sie Dearsley mit eingebundenem Kopf sehen, und da sie wissen, daß sie jetzt jeden Monat ihren ganzen Lohn bekommen werden, ohne Abzug für Lotterieeinsatz. Indirekt, Herr, haben Sie die Einwohner eines großen Dorfes von einem gewissenlosen Blutsauger gerettet. Und dann glauben Sie, daß ich diesen Tragsessel hier verfaulen lassen werde? Fällt mir nicht ein. Es kommt nicht jeden Tag ein so kostbares Juwel auf den Markt. Kein König auf vierzig Meilen in der Runde« – er beschrieb mit einer Handbewegung den staubigen Horizont – »kein König, der es nicht mit Freuden kaufen würde. Eines schönen Tages, wenn ich Zeit habe, werde ich selber das Ding mit mir nehmen und an den Mann bringen.«

»Auf welche Weise?« fragte ich, denn ich wußte, daß der Mann zu allem fähig sei.

»Mich hineinsetzen, natürlich, und mit einem Auge scharf hinter dem Vorhang ausschauen. Wenn ich einen Mann von einheimischem Glauben sehe, der wie ein Käufer aussieht, werde ich errötend von meiner Sänfte heruntersteigen und ihm sagen: ›Kaufst du einen Palankin, Du schwarzer Heide?‹ Zuerst muß ich aber vier Männer mieten, die mich tragen, und das kann ich nicht vor der nächsten Auszahlung,«

Seltsamerweise war Learoyd, der um den Preis gekämpft und durch sein Erringen das höchste Vergnügen genossen hatte, das das Leben ihm bieten konnte, – war Learoyd durchaus geneigt, ihn zu unterschätzen, während Ortheris geradezu sagte, es wäre am besten, das Ding zu zerschlagen. Dearsley, meinte er, sei ein vielseitiger Mann, der imstande wäre, trotz seiner außerordentlichen Boxerqualitäten die Maschinerie des bürgerlichen Gesetzes in Bewegung zu setzen – etwas, wovor der Soldat großen Abscheu hat. Sie hatten auf alle Fälle ihren Spaß gehabt; der nächste Zahltag stand unmittelbar bevor und mit ihm Bier im Ueberfluß. Wozu den bemalten Kasten noch länger aufbewahren?

»Du bist sa ein erstklassiger Schütze und ein ganz tüchtiger Soldat für Dein Maß,« sagte Mulvaney, »aber Hirn hast du nie für einen Penny gehabt. Ich muß immer derjenige sein, der die Nächte hindurch wach liegt und für uns alle drei sorgt und denkt. Ortheris, mein Sohn, in dem Tragsessel stecken nicht vielleicht nur einige Gallonen, sondern Bottiche und Fässer und Firkins von Bier. Wem er einmal gehört hat, und was er einmal war, und wie er dorthin gekommen ist, wissen wir nicht; aber ich spüre es in allen meinen Knochen, daß du und ich und Jock mit seinem verstauchten Daumen ein Vermögen damit gewinnen werden. Laßt mich allein, daß ich nachdenken kann.«

Derweil blieb der Palankin in meinem Stall, dessen Schlüssel Mulvaney bei sich trug.

Der Auszahlungstag kam und damit Bier. Es war nach aller Erfahrung nicht zu erwarten, daß Mulvaney, durch vierwöchentliche Dürre ausgetrocknet, nicht ausschweifend sein werde. Am nächsten Morgen waren er und der Palankin verschwunden. Er hatte die Vorsicht gebraucht, einen dreitägigen Urlaub zu erbitten, um »einen Freund bei der Eisenbahn zu besuchen,« und der Oberst, der wußte, daß der zeitweilige Ausbruch nahe war, und der hoffte, daß dieser sich außerhalb seines Machtbereichs austoben werde, bewilligte ihm mit Freuden alles, was er verlangte. Damit brach Mulvaneys Geschichte ab, soweit sie in der Offiziersmesse erzählt wurde.

Ortheris konnte nicht viel hinzufügen. »Nein, er war nicht betrunken,« sagte der kleine Mann ehrlich, »das Getränk hat gerad' erst angefangen, sich in ihm ein bißchen umzuthun; aber er ging hin und füllte den ganzen alten Kasten von einem Palankin mit Bierflaschen, ehe er sich auf den Weg machte. Sechs Mann hat er gemietet, um ihn zu tragen, und ich mußte ihm noch auf sein Brautlager hinaufhelfen, weil er keine Vernunft annehmen wollte. Er ist in Hemd und Hosen auf die Reise gegangen, hat schrecklich geflucht und mit den Füßen zum Fenster heraus gewinkt.«

»Gut,« sagte ich, »aber wohin?«

»Da fragen Sie mich zu viel. Er hat gesagt, er will den Palankin verkaufen, aber nach dem, was ich bemerkt habe, wie ich ihn zur Thür hineinstopfte, glaube ich, er ist zum Eisenbahnbau gegangen, um Dearsley aufzuziehen. Sobald Jock dienstfrei ist, muß ich hingehen, um zu sehen, ob ihm nichts geschehen ist – nicht ihm, sondern dem andern. Du meine Güte, der thut mir leid, der Terence aus dem Palankin hilft, wenn er einmal ordentlich betrunken ist!«

»Er wird unversehrt zurückkommen,« sagte ich.

»Natürlich. Die Frage ist nur, was er unterwegs anstellen wird. Dearsley umbringen – nichts leichter als das. Er hätte nicht ohne Jock oder mich gehen sollen.«

Durch Learoyd verstärkt, suchte Ortheris den Aufseher der Kulis auf. Dearsleys Kopf war noch immer durch Tücher verschönt, Mulvaney würde, nüchtern oder berauscht, an keinen Mann in solchem Zustande Hand angelegt haben, und Dearsley protestierte entrüstet gegen die Zumutung, daß er die Trunkenheit des Tapfern zu seinem Vorteil hätte ausnützen mögen.

»Ich habe unter Euch zweien die Wahl gehabt,« sagte er zu Learoyd, »und Ihr habt meinen Palankin bekommen – nicht ohne daß ich vorher meinen Profit daran gehabt habe. Warum sollte ich jemand etwas thun, wenn alles abgemacht ist? Ihr Mann ist freilich hier gewesen – besoffen wie Davys Sau in einer kalten Nacht – ist eigens hergekommen, um mich zu hänseln – hat seinen Kopf zur Thür herausgesteckt und mich einen gekreuzigten Karrenschieber genannt. Ich hab' ihn noch besoffener gemacht und weiter geschickt. Aber ich hab' ihn nicht angerührt.«

Hierauf antwortete Learoyd, der für den Ton der Aufrichtigkeit nicht viel Ohr hatte, bloß: »Wenn Mulvaney etwas durch Ihre Schuld geschieht, so fass' ich Sie bei der Gurgel, ob Sie nun Ihren Kopf eingewickelt haben oder nicht, und drehe Ihnen den Kragen um. Also richten Sie sich danach.«

Die Deputation zog ab, und Dearsley, der Eingewickelte, lachte diesen Abend beim Essen in sich hinein.

Drei Tage vergingen – ein vierter und ein fünfter. Die Woche ging zu Ende, und Mulvaney kehrte nicht zurück. Er, sein königlicher Palankin und seine sechs Diener waren in die Luft entschwunden. Ein sehr großer und sehr betrunkener Soldat, dessen Füße aus der Sänfte einer regierenden Fürstin heraushängen, ist kein Ding, das die Straßen entlang ziehen könnte, ohne daß es Aufmerksamkeit erregte. Jedoch kein Mensch der Umgebung hatte ein solches Wunder gesehen. Er war und kam nicht mehr, und Learoyd sprach von sofortiger Zu-Brei-Zerquetschung Dearsleys als Sühnopfer für Mulvaneys Geist. Ortheris bestand darauf, daß alles in Ordnung sei, und nach dem Maße früherer Erfahrung schien sein Optimismus gerechtfertigt.

»Wenn Mulvaney auf die Reise geht,« sagte er, »so ist es wahrscheinlich, daß er sehr weit kommt, besonders wenn er so sternhagelvoll betrunken ist, wie er da war. Aber was mir bedenklich vorkommt, das ist, daß wir noch nichts davon gehört haben, daß er den Niggers hier irgendwo herum die Wolle ausgerupft hat. Das gefällt mir nicht. Seinen Rausch muß er jetzt schon los haben, wenn er nicht eine Bank erbrochen hat und dann – Warum kommt er nicht zurück? Er hätte nicht ohne uns fortgehen sollen.«

Selbst Ortheris verließ am Ende des siebenten Tags die Zuversicht, denn das halbe Regiment streifte die Gegend ab, und Learoyd war gezwungen gewesen, mit zwei Leuten zu boxen, die offen gesagt hatten, daß Mulvaney desertiert sei. Man muß dem Oberst die Gerechtigkeit widerfahren lassen, daß er über den Gedanken lachte, selbst als sein Adjutant, in den er viel Vertrauen setzte, ihn vorbrachte.

»Mulvaney würde ebenso leicht ans Desertieren denken wie Sie,« sagte er. »Nein; es ist ihm entweder bei den Eingeborenen etwas Unangenehmes passiert – aber das ist nicht wahrscheinlich, denn er würde sich aus der Hölle heraus schwatzen; oder er ist mit irgend einer dringenden Privatangelegenheit beschäftigt – irgend ein unglaublicher Satansstreich, von dem wir in der Messe hören werden, nachdem er die Runde durch die Mannschaftszimmer gemacht hat. Das Schlimmste ist, daß ich ihm wenigstens achtundzwanzig Tage Arrest für Ueberschreitung seines Urlaubs diktieren muß, gerade wo ich ihn am nötigsten brauchte, um den neuen Rekrutenschub zurechtzustutzen. Ich kenne keinen Mann, der jungen Soldaten so schnell Politur beibringt wie Mulvaney. Wie stellt er es an?«

»Mit Zureden und dem Schnallenende eines Gürtels, Herr Oberst,« sagte der Adjutant, »Er ist so viel wert, wie einige Unteroffiziere zusammengenommen, wenn wir es mit irischen Rekruten zu thun haben, und die Londoner Bursche schwärmen für ihn, wie es scheint. Das Schlimmste ist, daß, wenn er eingesperrt wird, die beiden andern nicht zu binden und nicht zu halten sind, bis er wieder draußen ist. Ich glaube, daß Ortheris bei solcher Gelegenheit Meuterei predigt, und ich weiß, daß die bloße Anwesenheit des um Mulvaney trauernden Learoyd alle Fröhlichkeit in seinem Zimmer erstickt. Die Sergeanten sagen mir, daß er keinem Mann erlaubt, zu lachen, wenn er sich nicht glücklich fühlt. Es sind merkwürdige Kerle.«

»Und doch wollte ich, wir hätten noch einige solche. Ich lobe mir ein gut discipliniertes Regiment, aber diese bleichgesichtigen, knieweichen, lispelnden Waschlappen, die sie uns manchmal hersenden, gehen mir mit ihrer unausstehlichen Tugend auf die Nerven. Die Kerle scheinen nicht Manns genug zu sein, um mehr zu thun, als Karten zu spielen und um die Weiberquartiere zu schleichen. Ich glaube, ich würde dem alten Halunken ohne weiteres verzeihen, wenn er mit irgend einer Erklärung zum Vorschein käme, die ich anständigerweise acceptieren kann.«

»Es ist nicht wahrscheinlich, daß in diesem Punkte irgend eine Schwierigkeit entstehen wird, Herr Oberst,« sagte der Adjutant, »Mulvaneys Erklärungen sind nur um einen Grad weniger wunderbar als seine Thaten. Ich habe erzählen hören, daß, als er bei den

Black-Tyrone stand, ehe er zu uns kam, er eines Tages am Ufer des Liffey dabei ertappt wurde, wie er versuchte, einem Händler aus Donegal das Pferd des Obersten als ein vollkommenes Damenpferd zu verkaufen. Shackbolt war damals Kommandeur der Tyrone.«

»Shackbolt muß nahezu einen Schlaganfall erlitten haben, als er hörte, daß man einem seiner feurigen Schlachtrosse einen solchen Charakter beilegte. Er pflegte unzugerittene Teufel zu kaufen und sie nach einer speziellen Hungermethode zu zähmen. Was sagte Mulvaney?«

»Daß er Mitglied der Gesellschaft gegen Tierquälerei sei, und daß er das arme Tier irgendwohin verkaufen wollte, wo es etwas bekommen würde, ›um seine Grübchen auszufüllen‹. Shackbolt lachte, aber ich glaube, das war der Grund, warum Mulvaney zu uns versetzt wurde.«

»Ich wollte, er wäre wieder da,« sagte der Oberst, »denn ich habe ihn gern, und ich glaube, er hat auch mich gern.«

An diesem Abend gingen Learoyd, Ortheris und ich, um uns ein wenig aufzuheitern, ins Land hinaus, ein Stachelschwein ausräuchern. Alle Hunde waren mit dabei, aber selbst ihr Lärmen – und sie begannen die Fehler der Stachelschweine zu diskutieren, noch ehe wir die Kaserne verlassen hatten – konnte uns nicht unsern Gedanken entreißen. Ein großer, niedrig stehender Mond verwandelte die Spitzen des Zuckerrohrs in Silber und die verkümmerten Kameldornbüsche und mürrischen Tamariskenstauden in Haufen von Teufeln. Der Sonnengeruch hatte die Erde noch nicht verlassen, und kleine unstäte Winde, die über die südlich gelegenen Rosengärten wehten, brachten einen Geruch von getrockneten Rosen und von Wasser herbei. Nachdem wir unser Feuer angezündet und die Hunde entsprechend verteilt hatten, um das Stachelschwein bei seinem Hervorstürzen in Empfang zu nehmen, stiegen wir auf den Rücken eines regendurchfurchten Erdhügels und sahen über den Busch hin mit seinem weißen, langen Grase, seinen nach allen Richtungen sich kreuzenden Viehpfaden und seinen vielen flachen, trockenen Tümpelböden, wo im Winter die Bekassinen sich versammeln.

»Das,« sagte Ortheris seufzend, indem er den Blick über diese trostlose Wüstenei schweifen ließ, »das ist schmählich. Es ist ungemein schmählich. So eine Art verrücktes Land. Wie ein Herdrost, wenn das Feuer von der Sonne ausgelöscht ist.« Er beschattete die Augen gegen das Mondlicht. »Und da tanzt auch ein Mondsüchtiger mitten drin. Er hat ganz recht. Ich würde auch tanzen, wenn mir nicht so miserabel zu Mute wäre.«

Ein Phantom paradierte dort unter dem Mond – ein riesiges, zottiges Wüstengespenst, das in der Ferne mit den Flügeln schlug. Es war aus der Erde heraus gewachsen; es kam auf uns zu, und die Umrisse seiner Gestalt waren nie zweimal dieselben. Die Toga, das Tischtuch, der Schlafrock oder was es war, das das Ding trug, nahm hunderterlei Formen an. Einmal hielt es auf einem benachbarten Erdhügel an und schleuderte alle seine Arme und Beine in die Luft.

»O je, die Vogelscheuche hat's aber arg in den Gliedern!« sagte Ortheris. »Wenn das Ding näher kommt, werden wir wohl ein Wörtchen mit ihm reden müssen.« Learoyd erhob sich aus dem Staube, wie ein Büffel seine Flanken aus dem Tümpel erhebt. Und wie ein Büffel brüllt, so sandte er, nach minutenlangem Starren, seinen Schrei in die Nacht hinaus. »Mulvaney! Mulvaney! Ahoo!«

Himmel, wie wir da brüllten! – und die Gestalt tauchte in eine Vertiefung, bis unter dem Rascheln reißender Grashalme der Verlorene in den Lichtkreis des Feuers heraufkam und bis zu den Hüften in einem Haufen jubelnder Hunde verschwand. Dann begrüßten ihn Learoyd und Ortheris in Baß und Falset, während beide einen Klumpen in der Kehle hinunterwürgten.

»Du verdammter Schuft!« sagten sie und pufften ihn mit den Fäusten.

»Langsam!« antwortete er, indem er einen mächtigen Arm um jeden schlang. »Laßt Euch gesagt sein, daß ich ein Gott bin, und daß Ihr mich als solchen zu behandeln habt – obschon ich fast glaube, daß ich werde in den Arrest spazieren müssen, gerade wie ein gemeiner Soldat.«

Der zweite Teil des Satzes zerstreute die Vermutung, die der erste erregt hatte. Jedermann wäre gerechtfertigt gewesen, wenn er Mulvaney für verrückt gehalten hätte. Er war barhäuptig und barfüßig, und sein Hemd und seine Beinkleider hingen in Fetzen von ihm. Und er trug ein wunderliches Kleidungsstück – einen riesigen

Mantel, der ihm vom Hals bis zu den Füßen fiel – aus blaßrosafarbener Seide, die von längst vermoderten Händen mit den Darstellungen von Liebesabenteuern der Hindugötter aufs Kunstvollste bestickt war. Die monströsen Gestalten tauchten, vom Feuer beschienen, auf und verschwanden, während er sich wieder darein hüllte.

Ortheris betastete den Stoff ehrfurchtsvoll eine Weile, während ich mich zu erinnern trachtete, wo ich ihn schon gesehen hatte. Dann schrie er: »Was hast du mit dem Palankin gemacht? Du trägst das Futter.«

»So ist es,« sagte der Irländer, »und zum Beweis kratzt mir die Stickerei die Haut herunter. Ich bin nun seit vier Tagen in dieses kostbare Leintuch gewickelt. Mein Sohn, ich fange an zu verstehen, warum der Nigger nichts wert ist. Ohne Schuhe, und meine Hosen wie durchbrochene Strümpfe auf den Beinen einer Tänzerin, fange ich an, mich wie ein Nigger zu fühlen – ganz ängstlich und furchtsam. Gebt mir eine Pfeife, und ich werde Euch erzählen.«

Er zündete sich eine Pfeife an, umarmte wieder seine beiden Freunde und schaukelte sie unter stürmischem Gelächter hin und her.

»Mulvaney,« sagte Ortheris streng, »da giebts nichts zu lachen. Du hast mir und Jock mehr Sorgen gemacht, als du wert bist. Du bist ohne Urlaub fortgeblieben und wirst dafür ins Loch gesteckt werden; und du kommst ganz malproper und zerlumpt zurück, eingewickelt in das Futter von dem verdammten Palankin. Anstatt dessen lachst du. Und wir haben dich die ganze Zeit für tot gehalten.«

»Jungens,« sagte der Verbrecher, noch immer leicht schwankend, »wenn ich Euch fertig erzählt habe, mögt Ihr weinen, wenn Ihr wollt, oder der kleine Ortheris da mag mir die Gedärme heraustreten. Jetzt hört einmal zu. Was ich alles durchgemacht habe, ist großartig: mein Glück war das gesegnete Glück der britischen Armee, und ein besseres giebt es nicht. Ich bin betrunken und trinkend in dem Palankin auf die Reise gegangen, und ich komme als ein rosafarbener Gott zurück. Ist einer von Euch inzwischen bei Dearsley gewesen? Durch ihn ist das alles geschehen.«

»Hab' mir's doch gleich gedacht,« brummte Learoyd vor sich hin; »morgen schlage ich ihm seine Nase in den Schädel hinein.«

»Das wirst du nicht thun, Dearsley ist ein Juwel. Nachdem mich Ortheris in den Palankin gesteckt hatte und die sechs Träger mit mir dahinächzten, fiel mir ein, Dearsley wegen seiner Niederlage ein bißchen aufzuziehen. So sagte ich zu den Trägern: ›Geht Zum Eisenbahnbau,‹ und wie wir dort ankommen, ich war natürlich unglaublich voll, stecke ich meinen Kopf aus dem Zeug heraus und sage Dearsley guten Morgen. Ich muß ihm schreckliche Schimpfworte gegeben haben, denn wenn ich so begeistert bin, so bin ich ein großer Redner. Ich weiß nur noch, daß ich ihm gesagt habe, daß er ein Maul habe wie ein Karpfen, was auch wahr war, nachdem Learoyd es bearbeitet hatte; und ich erinnere mich deutlich, daß er gar nicht böse war, sondern mir viel Bier zu trinken gegeben hat. Das Bier hat mir den Rest gegeben, ich bin in den Palankin zurückgekrochen, wobei ich mir mit dem linken Fuß aufs rechte Ohr getreten bin, und bin dann eingeschlafen wie tot. Einmal bin ich halb wach geworden, und in meinem Kopf hat es schrecklich rumort – ein Klappern und Rollen und Rasseln, wie ich's noch nie erlebt habe. ›Heilige Mutter Gottes,‹ denk' ich mir, ›was wird das für eine türkische Musik auf meinen Schultern sein, wenn ich erst ganz wach bin!‹ Und damit leg' ich mich wieder zum Schlafen hin, ehe es mich packt. Jungens, der Lärm war nicht vom Bier, er war von einem Zug!«

Es folgte eine eindrucksvolle Pause.

»Ja, er hatte mich auf einen Zug gesetzt – mich mitsamt dem Palankin und sechs schwarzen Räubern von seinen Kulis, die mit ihm einverstanden waren, auf die Plattform eines Kieswagens gesetzt, und wir rumpelten und holperten nach Benares. Es war ein großes Glück, daß ich nicht aufgewacht bin und mit den Kulis ein Wörtlein geredet habe. Wie ich Euch sage, ich habe einen Tag und eine Nacht in festem Schlaf gelegen. Versteht Ihr wohl, dieser Dearsley hatte mich auf einen seiner Materialzüge nach Benares gepackt, damit ich über meinen Urlaub ausbleibe und ins Loch komme.«

Diese Erklärung war ungemein logisch. Benares lag wenigstens zehn Eisenbahnstunden von der Garnison entfernt, und nichts in der Welt hätte Mulvaney davor retten können, als Deserteur eingesperrt zu werden, wäre er in dem Aufzuge seiner Orgie dort erschienen. Dearsley hatte seine Rache wahrgenommen. Learoyd trat ein wenig zurück und begann leichte Stöße nach gewählten Stellen von Mulvaneys Körper zu führen. Seine Gedanken waren dort beim Eisenbahnbau, und sie planten Uebles für Dearsley. Mulvaney fuhr fort:

»Wie ich ganz wach war, stand der Palankin in einer Straße, wie es mir scheinen wollte, denn ich hörte Leute vorbeigehen und sprechen. Aber ich wußte sehr gut, daß ich weit weg von zu Hause war. Um unsre Kaserne herum ist ein eigentümlicher Geruch – ein Geruch von trockener Erde und Ziegelöfen, untermischt mit Stallluft. Dort aber roch es nach Dotterblumen und schlechtem Wasser, und einmal kam etwas lebendiges und blies mit seiner Schnauze stark an der Schließe des Fensters, ›Ich bin in einem Dorf‹ sag' ich zu mir, ›und der Gemeindebüffel untersucht den Palankin,‹ aber auf alle Fälle muckste ich nicht. Nur stillliegen, wenn man an einen fremden Ort verschlagen ist, und das unfehlbare Glück der britischen Armee bringt einen durch. Das ist ein Spruch. Er ist von mir.

»Dann höre ich eine Menge flüsternder Teufel um den Palankin, ›Nehmt ihn auf‹ sagt einer, – ›Aber wer wird uns bezahlen?‹ sagt ein andrer, – ›Der Minister der Maharani, natürlich‹ sagt der erste. – ›Oho!‹ sag' ich zu mir, ›Ich bin eine regierende Königin und habe einen Minister, der meine Spesen bezahlt. Ich werde ein Kaiser werden, wenn ich lang genug stillliege; aber ich sehe jetzt, daß dies kein Dorf ist.‹ Ich bleibe still, klebe aber mein Auge an einen Spalt am Fenster und sehe, daß die ganze Straße vollgestopft mit Palankinen und Pferden ist, und dazwischen eine ziemliche Anzahl von nackten Priestern, ganz gelbgepudert und mit Tigerschwänzen behangen. Aber ich kann dir sagen, Ortheris, und dir, Learoyd, daß von allen Palankinen unsrer der königlichste und großartigste war. Nun bedeutet ein Palankin in der ganzen Welt eine eingeborene Dame, ausgenommen, wenn zufällig ein Soldat der Königin einen kleinen Ausflug macht. ›Weiber und Priester,‹ sag' ich zu mir. ›Deines Vaters Sohn ist diesmal an der rechten Schmiede, Terence. Heute giebt's noch was.‹ Sechs schwarze Teufel in rosa Musseline nahmen dann den Palankin auf, und ich wurde von dem Schaukeln und Schwanken ganz krank. Dann wurden wir zwischen den Palankinen förmlich eingezwängt – es waren ihrer an die fünfzig –, und es gab ein Stoßen und Knirschen wie von Queenstowner Kartoffelbooten bei ablaufender Flut. Ich hörte die Weiber in den Palankinen gicksen und kichern, aber meiner war der königlichste von allen. Alle machen ihm Platz und, so wahr ich lebe, meine sechs rosafarbenen Musselinemänner brüllen: ›Platz für die Maharani von Gokral-Sitarun!‹ wissen Sie etwas von der Dame, Sir?«

»Ja,« sagte ich. »Sie ist eine sehr ehrwürdige alte Königin eines der zentralindischen Staaten, und sehr dick, wie es heißt. Wie um alles in der Welt hätte sie denn nach Benares kommen können, ohne daß die ganze Stadt ihren Palankin gekannt hätte?«

»Ja, das ist die ungeheure Dummheit von den Niggers. Sie haben den Palankin ganz einsam und verlassen dastehen gesehen, wie Dearsleys Leute ihn hingestellt hatten, und haben gesehen, wie schön er war, und haben ihm den schönsten Namen gegeben, der ihnen eingefallen ist. Und ganz mit Recht. Denn wir können nicht wissen, ob die alte Dame nicht ›incog‹ gereist ist, ebenso wie ich. Ich bin erfreut, zu hören, daß sie dick ist. Ich bin selber nicht sehr leicht, und meine Leute hatten es schrecklich eilig, mich unter einem Thorbogen abzustellen, der mit den unanständigsten Schnitzereien und Bildhauereien verziert war, die ich je gesehen habe. So wahr ich lebe, ich wurde rot – wie eine – wie eine Maharani.«

»Der Tempel der Prithi-Devi,« sagte ich vor mich hin, indem ich mich der monströsen Scheußlichkeiten jenes behauenen Thorbogens in Benares erinnerte.

»Hübsche Teufelsfratzen,[1] mit Verlaub, Sir. Es war nichts hübsches dabei, außer mir. Es war halb dunkel da, und nachdem die Kulis fortgegangen waren, wurde ein großes schwarzes Thor hinter uns geschlossen, und eine ganze halbe Kompagnie von fetten gelben Priestern fing an, die Palankine an einen noch dunkleren Ort zu schleppen – eine große steinerne Halle mit Säulen und Göttern und Weihrauch und aller Art ähnlichem Zeug. Das Thor war mir unangenehm, denn ich sah nun, daß ich werde vorne wieder hinaus müssen, da mir der Rückzug abgeschnitten war. Und ebenso wahr

---

[1] Im Original unübersetzbares Wortspiel, Mulvaney mißversteht nämlich den Namen der Göttin. Pretty (homonym mit Prithi) heißt »hübsch« und devil: »Teufel«.

ist es, daß ein guter Priester einen schlechten Palankinträger giebt. So wahr ich lebe, sie haben mir beinahe die Gedärme umgedreht, wie sie den Palankin in den Tempel hineingeschleppt haben. Drinnen waren die Truppen nun wie folgt disponiert. Die Maharani von Gokral-Sitarun – das war ich – lag durch die Gnade Gottes am äußersten linken Flügel im Schatten einer Säule, die mit Elefantenköpfen bedeckt war. Die anderen Palankine formierten einen großen Halbkreis, mit der Front gegen die riesigste, fetteste und erstaunlichste Göttin, die ich mir je hätte träumen lassen. Ihr Kopf steckte hoch oben in der Finsternis über uns, und ihre Füße waren von einem kleinen Feuer von brennender, zerlassener Butter beleuchtet, in das ein Priester immer nachgoß. Dann fing ein Mann irgendwo rückwärts im Dunkeln an zu singen und auf etwas zu spielen, und es war ein seltsamer Gesang. Die Haare standen mir davon zu Berge. Dann thun sich alle Thüren der Palankine auf, und die Weiber klettern heraus. Jungens, ich habe da gesehen, was ich nie wieder sehen werde. Es war viel wunderbarer als die Verwandlungen bei einer Pantomime, denn sie waren in Rosa, und Blau, und Silber, und Rot, und Grasgrün und über und über mit Diamanten und Smaragden und großen roten Rubinen bedeckt. Aber das war noch das geringste von der Herrlichkeit. O, Jungens, sie waren schöner wie alle Engel im Himmel; ihre kleinen nackten Füße waren feiner wie die weißen Hände einer englischen Gräfin, und ihre Mäulchen waren wie die Rosenknospen, und ihre Augen waren größer und schwärzer als die Augen irgend eines weiblichen Wesens, das ich je in meinem Leben gesehen habe. Ihr mögt lachen, aber ich spreche die Wahrheit. Ich habe so etwas noch nie gesehen und werde es nie mehr sehen.«

»In Anbetracht, daß Sie die Frauen und Töchter der meisten indischen Könige belauscht haben, spricht alle Wahrscheinlichkeit dafür, daß Sie es nicht mehr sehen werden,« sagte ich, denn es dämmerte mir auf, daß Mulvaney in eine große Königinnen-Gebetsversammlung in Benares[2] hineingeraten war.

»Nie mehr,« sagte er betrübt. »So etwas sieht der Mensch nicht zweimal in seinem Leben. Ich schämte mich, daß ich zuschaute. Ein fetter Priester klopft an meine Thür. Ich denke mir, er wird nicht so

---

[2] Benares, das indische Rom genannt, ist der größte Wallfahrtsort der Hindus.

unverschämt sein, die Maharani von Gokral-Sitarun zu stören, und rühre mich nicht. ›Die alte Kuh schläft,‹ sagt er zu einem andern. ›Laß sie schlafen,‹ sagt der. ›Es wird lange dauern, ehe sie ein Kalb bekommt!‹ Ich hätte schon früher wissen können, daß das einzige, um was eine Frau in Indien betet – und in England übrigens auch – Kinder sind. Es that mir dann leid, daß ich hergekommen war, denn ich bin, wie ihr wißt, ein kinderloser Mann.«

Er schwieg einen Augenblick und dachte offenbar an seinen kleinen Sohn, der seit vielen Jahren tot war.

»Sie beteten, und die Butterfeuer flackerten auf, und der Weihrauch machte alles blau, und in den Wolken und dem Feuer sahen die Weiber alle aus, als ob sie brannten und funkelten. Sie umklammerten die Kniee der Göttin und schrieen und warfen sich hin und her, und die unaufhörliche Musik hinten schien sie verrückt zu machen. O Du meine Güte, wie sie weinten, und die alte Göttin grinste so unbarmherzig auf sie herunter. Ich wurde immer nüchterner, und ich dachte so heftig nach, daß die Gedanken mir gar nicht schnell genug durch den Kopf gehen konnten, wie ich da herauskommen sollte, und auch noch alle Art von Unsinn. Die Frauen schaukelten sich reihenweise hin und her, und ihre Diamantgürtel klirrten, und die Thränen sind ihnen durch die Finger gelaufen, und es ist immer dunkler geworden. Da kommt auf einmal ein Blitz von der Decke herunter, und ich sehe das Innere von meinem Palankin, und dort, wo mein Fuß war, seh' ich mein leibhaftiges Ebenbild in das Futter eingestickt. Dieser Mann hier war es.«

Er suchte in den Falten seines rosafarbenen Mantels, erfaßte eine von innen und hielt in das Licht des Feuers die fußlange gestickte Abbildung des auf einer Flöte spielenden Gottes Krischna. Die breiten Kinnladen, das starre Auge und der blauschwarze Schnurrbart des Gottes bildeten eine entfernte Aehnlichkeit mit Mulvaney.

»Der Blitz war im Nu vorüber, aber ebenso schnell war mein Plan da. Ich glaube, ich war auch verrückt. Ich mache die gegenüberliegende Thür auf und wälze mich in die Finsternis hinter dem Elefantenpfeiler heraus, streife meine Schuhe ab und fasse mit beiden Händen das rosafarbene Futter des Palankins. Gott sei gelobt, es riß heraus wie ein Frauenkleid, wenn man auf einem Sergeantenball darauf tritt, und eine Flasche kam mit. Ich nehme die Flasche, und im nächsten Augenblick trete ich aus der Dunkelheit hinter dem Pfeiler heraus, das rosafarbene Futter höchst elegant um mich geworfen; die Musik macht einen Höllenlärm, und ein kalter Luftzug streicht um meine nackten Beine. Bei dieser meiner Hand, die es gethan hat, ich war Krischna, auf einer Flöte dudelnd – der Gott, von dem der Regimentskaplan spricht. Ich muß schön ausgesehen haben. Ich weiß, daß meine Augen groß waren und mein Gesicht wachsbleich, und ich muß ausgesehen haben wie ein Geist. Aber sie haben mich für den lebenden Gott gehalten. Die Musik hörte auf, und die Weiber waren stumm und starr, und ich biege meine Füße wie ein Schäfer auf einer Porzellanschüssel und wackle im Geisterschritt, wie ich's oft auf dem Regimentstheater gemacht habe, quer über den Tempel hinüber vor der Göttin vorbei, und dudle auf der Bierflasche.«

»Was hast du gedudelt?« fragte Ortheris, der Praktische.

»Ich? O!« Mulvaney sprang auf und schlurfte, die Geste dem Wort hinzufügend, als eine abgetragene, aber imposante Gottheit, im Halblicht vor uns her. »Ich sang:

Werde mein,
Werde Missis Brallaghan,
Sag nicht nein,
Holde Indy Callagban.

Ich habe meine eigene Stimme nicht erkannt. Und o, es war herzbrechend, die Weiber zu sehen! Die lieben Dinger lagen alle auf dem Gesicht. Wie ich an der letzten vorbeikomme, sehe ich, wie ihre armen kleinen Finger zucken, als ob sie meine Füße berühren möchten. So ziehe ich denn einen Zipfel dieses rosafarbenen Ueberrockes über ihren Kopf, um sie zu beglücken, und gleite auf die andre Seite des Tempels und laufe einem großen, dicken Priester in die Arme. Ich wollte nichts andres als heil herauskommen. So fasse ich ihn denn an seinem fetten Hals und würge ihn, daß er kein Wort hervorbringen kann. ›Hinaus,‹ sag' ich. ›Wo, du dicker Heide?‹ – ›O!‹ sagt er, – ›Mann,‹ sag' ich. ›Weißer Mann, Soldatenmann, gemeiner Soldatenmann.‹ ›Wo, im Namen aller Verdammnis, ist die Hinterthür?‹ Die Weiber im Tempel lagen noch immer auf dem Gesicht, und ein junger Priester hielt die Arme über sie ausgebreitet.

»›Hier‹ sagt mein dicker Freund, bückt sich hinter einem Stiergott und kriecht in einen Gang. Dann erinnere ich mich, daß ich dem Tempel für wenigstens fünfzig Jahre einen Ruf als Wunderort verschafft habe. ›Nicht so schnell,‹ sag' ich und halte ihm meine beiden Hände mit einem Augenzwinkern hin. Der alte Halunke lächelt mich an wie ein Vater. Ich fass' ihn beim Genick, für den Fall, daß er mir vielleicht unversehens ein Messer zwischen die Rippen stecken möchte, und lass' ihn den Gang zweimal hin und her galoppieren, um seinem Verstand ein wenig nachzuhelfen. ›Schweig still,‹ sagt er auf englisch. – ›Jetzt redest du vernünftig,‹ sag' ich. ›Was giebst du mir für jenen höchst eleganten Palankin, den ich leider keine Zeit habe, mitzunehmen?‹ – ›Verrate nichts,‹ sagt er. – ›Wie werde ich?‹ sag' ich. ›Aber du könntest mir die Eisenbahnfahrt bezahlen. Ich bin weit von zu Hause entfernt, und ich habe Euch einen Dienst erwiesen.‹ Jungens, es ist schön, ein Priester zu sein. Der Mann bemühte sich nicht erst, einen Check zu schreiben. Wie ich Euch später beweisen werde, krabbelte er in seinen faltigen Kleidern herum und fing an, Zehnrupiennoten, alte Gold-Mohurs und Rupien in meine Hand tröpfeln zu lassen, bis ich sie nicht mehr halten konnte.«

»Du lügst!« sagte Ortheris. »Du bist verrückt oder hast den Sonnenstich. Ein Eingeborener giebt kein Geld her, wenn man es nicht aus ihm herausschneidet. Es ist unnatürlich.«

»Dann liegt meine Lüge und mein Sonnenstich unter dem Rasenstück dort versteckt,« erwiderte Mulvaney ohne jede Empfindlichkeit, über den Busch hinüber nickend. »Und es giebt viel mehr Dinge in der Welt, als die, worüber du mit deinen krummen kleinen Beinen gestolpert bist, Ortheris. Vierhundertvierunddreißig Rupien, so weit ich gezählt habe, und ein großes, dickes goldenes Halsband, das ich als ein Andenken mitnahm, waren unser Gewinn bei dem Geschäft.«

»Und er hat dir's freiwillig gegeben?« fragte Ortheris.

»Wir waren allein in dem Gang, vielleicht war ich etwas zudringlich, aber denkt einmal, was ich dem Tempel Gutes gethan habe, und wie ewig glücklich ich die Weiber gemacht habe. Es war spottbillig um den Preis. Ich hätte mehr genommen, wenn ich mehr gefunden hätte. Ich habe den Alten zum Schluß ganz umgestürzt, aber er war ganz leergemolken. Dann machte er eine Thür in einem andern Gang auf, und ich stand bis zu den Knieen im Flußwasser, und es stank abscheulich. Ich war am Flußufer, dicht bei einem Verbrennungsplatz und bei einem schmorenden Leichnam. Es war finstere Nacht, denn ich war vier Stunden in dem Tempel gewesen. Eine Menge Boote lagen da, von denen hab' ich eins losgebunden und bin über den Fluß gefahren. Dann bin ich bei Nacht heimgewandert und hab' mich bei Tag versteckt gehalten.«

»Wie in der Welt haben Sie das angestellt?« fragte ich.

»Wie ist Sir Frederick Roberts[3] von Kabul nach Kandahar gekommen? Er ist marschiert und hat niemand gesagt, wie nahe er daran war, niederzubrechen. Darum ist er, was er ist. Und jetzt –« Mulvaney gähnte gewaltig – »jetzt will ich hingehen und mich wegen Ausbleibens ohne Urlaub stellen. Es macht achtundzwanzig Tage und ein Donnerwetter vom Oberst, von wo immer man's auch ansieht. Aber es ist billig um den Preis.«

»Mulvaney,« sagte ich sanft, »wenn Sie irgend eine Entschuldigung vorbringen können, die der Oberst vernünftigerweise annehmen kann, so will mir bedünken, daß Sie mit dem Donnerwetter davonkommen werden. Die neuen Rekruten sind da, und –«

»Kein Wort mehr, Sir. Entschuldigungen will der Alte? Das ist sonst nicht meine starke Seite, aber er soll sie haben. Ich werde ihm sagen, daß ich mit finanziellen Operatschonen, die mit einer Kirche zusammenhängen, beschäftigt war.«

Und er machte sich schlappend auf den Weg zur Kaserne und Arrest, indem er lustig sang:

>»Dann holten sie mich mit Patrouille ab
>Und steckten mich ins finstre Loch hinein,
>Für vorschriftswidriges Betragen.«

Und als er im Nebel des Mondlichts verschwunden war, hörten wir noch den Refrain:

---

[3] Der Oberbefehlshaber in Südafrika. Im Jahre 1880 vollführte er den berühmten kühnen Marsch von Kabul nach Kandahar zum Entsatze des hart bedrängten Generals Primrose.

»Bum, tschin, in die Trommel 'nein,
Wie wir lustig marschieren,
Denn wenn in diesem Krieg der Mann,
Auch keinen Champagner trinken kann,
So singen wir doch beim Marschieren.«

Damit überlieferte er sich der vor Freude fast weinenden Wache und wurde jubelnd von den Kameraden umringt. Aber dem Oberst erzählte er, daß er vom Sonnenstich getroffen worden sei und in der Hütte eines Eingeborenen, er wisse nicht, wie lange, bewußtlos gelegen habe; und unter Poltern und Gelächter wurde die Sache beigelegt, so daß er am nächsten Tage die neuen Rekruten lehren konnte: Gott fürchten, die Königin ehren, gut zielen und sich sauber halten.

Der *Deus ex machina*

> Einem Mann geh' ich zu Leibe, aber hilf' einer Frau, dann wirst du niemals ganz verkehrt handeln.
> (Grundsätze des Soldaten Mulvaney.)

Die »Unaussprechlichen« gaben einen Ball. Sie liehen sich einen Siebenpfünder von der Artillerie, bekränzten ihn mit Lorbeeren, machten den Tanzboden spiegelglatt, besorgten ein Abendessen, so fein, wie sie es noch nie gehabt hatten, und stellten zwei Schildwachen vor die Saalthür, um die Teller für die Tanzkarten zu halten.

Mein Freund, der Gemeine Mulvaney, war einer dieser Schildwachen, als der größte Mann im Regiment.

Als der Ball feierlich eröffnet war, wurden die Schildwachen entlassen, und der Gemeine Mulvaney begab sich zum Meßsergeanten, um sich bei diesem im Hinblick auf das Abendessen lieb Kind zu machen. – Ob der Meßsergeant freiwillig herausgerückt, oder ob Mulvaney sich selber bedient hatte, kann ich nicht sagen. Jedenfalls war eins sicher – zur Essenszeit fand ich Mulvaney mit dem Gemeinen Ortheris auf dem Verdeck meines Wagens sitzend, im trauten Verein mit zwei Dritteln eines Schinkens, einem Laib Brot, einer halben Gänseleberpastete und zwei Doppelflaschen Champagner.

Als ich zu ihm trat, hörte ich Mulvaney sagen: »Auch ein Glück, daß so ein Tanzvergnügen nicht so oft los ist, als ich Ordnungsdienst habe; sonst, Ortheris, mein Sohn, könnte es sich am Ende noch ereignen, daß ich zum Schandfleck des Regiments würde, während ich doch so als seine schönste Seele dastehe.«

»Und als des Obersten größtes Schmerzenskind nebenbei,« ergänzte Ortheris. »Uebrigens, was quälst du dich denn da mit deinem Essen herum? Dieses schäumende Zeug schmeckt doch famos?«

»Zeug, du ungebildeter Kaffer! Champagner ist es, was wir hier trinken. Gegen den habe ich ja auch nichts. Aber sieh mal dies sonderbare Stück hier an mit den kleinen schwarzen Lederbrocken drin. Mir ist bange, ich bin morgen davon hundeelend. Was mag es wohl sein?«

»Gänseleberpastete,« sagte ich, auf das Verdeck des Wagens kletternd, denn ich dachte, hier draußen bei Mulvaney zu sitzen, sei angenehmer, als da drinnen viel herum zu tanzen.

»Das ist Gänseleberpastete?« fragte Mulvaney. »Wahrhaftig, ich glaube, die Leute, die so was fabrizieren, thäten besser, den Oberst aufzuschneiden. Der hat einen riesigen Leberklumpen unter seinem rechten Arm, wenn die Tage warm und die Nächte kalt sind; der könnte ihnen Leber zentnerweise liefern. Na, wie sagt er doch immer – ich habe heute wieder meinen Lebertag; das sagte er mir auch mal, und dabei brummte er mir 10 Tage Kasernen-Arrest auf für den unschuldigsten Trunk, den jemals ein rechtschaffener Soldat hinter die Binde gegossen hat.«

»Ja, das war damals, als du so drauf versessen warst, dich durchaus im Fortgraben zu waschen,« erklärte Ortheris. »Meintest, in den Wassertubben der Kaserne wäre für einen gottesfürchtigen Mann zu viel Bier drin gewesen. Kannst von Glück sagen, daß du noch so davon gekommen bist, Mulvaney.«

»So, meinst Du? Na, ich weiß sicher, daß ich ganz gemein behandelt wurde; wenn ich nur daran denke, was ich für seine Sorte damals gethan habe, als ich meine Augen noch überall hatte. Hat man je so etwas erlebt – dieser Oberst – mich so an den Pranger zu stellen – mich, der ich den Ruf eines zehnmal besseren Menschen rettete, als er einer war. Es war eine Schande, eine ganz gemeine Niedertracht.«

»Na, nun laß mal die Niedertracht sein,« sagte ich, »und erzähle uns lieber, wessen Ruf du gerettet hast.«

»Nicht meinen eigenen – schade genug, aber Schererei habe ich mehr davon gehabt, als wenn er es gewesen wäre. Es war auch gerade meine Art, mich in Dinge zu mischen, die mich gar nichts angingen. Also hört.« Er machte es sich auf dem Verdeck des Wagens bequem. »Ich will Euch das alles genau erzählen. Natürlich, Namen kommen keine vor, denn eine Dame, die dabei im Spiele war, ist jetzt eine Offiziersfrau, und die Garnison nenne ich auch nicht, denn die könnte den Offizier leicht verraten, um den es sich handelt.«

»Oah!« gähnte Ortheris, »das scheint ja eine verzwickte Geschichte zu sein, die da kommen soll.«

»Es war einmal, wie die Kinderbücher sagen, als ich noch Rekrut war.«

»Ih bewahre,« rief Ortheris, »das ist ja wohl gar nicht möglich?«

»Ortheris, wenn du noch einmal deinen ungewaschenen Mund aufsperrst – trotz Ihrer Gegenwart, Herr – dann hebe ich dich an deinem Hosenboden in die Höhe und lasse dich zappeln.«

»Ich verstumme schon. Also, was war los, als du Rekrut warst?«

»Jedenfalls war ich schon als Rekrut ein besserer Soldat, als du je gewesen bist und sein wirst, aber dieses nur nebenbei. Dann wurde ich ein ganzer Mann, und vor 15 Jahren war ich ein Teufelskerl. Sie nannten mich damals den »schönen Mulvaney« und, bei Gott, die Frauenzimmer rissen sich alle die Augen nach mir aus. Ja, das thaten sie. Ortheris, du Knirps, was hast du zu grinsen? Zweifelst du vielleicht daran?«

»Den Teufel, ich werde doch nicht,« rief dieser, »aber ähnliches hat mir schon mal jemand erzählt.« Mulvaney ging mit einer erhabenen Handbewegung über diese Ungebührlichkeit hinweg und fuhr fort:

»Und die Off'ziere des Regiments, bei dem ich stand, das *waren* noch Off'ziere, Kavaliere mit vornehmen Aeußern und feinen Manieren, wie man sie heut' zu Tage nicht mehr findet – alle, außer einen – einen von den Kap'tains. Ein schlechter Exerziermeister, eine schwache Stimme und ein lahmes Bein, das sind so die Abzeichen eines unbrauchbaren Kerls. – Das kannst du dir auch hinter die Ohren schreiben, Ortheris, mein Sohn. »Und der Oberst des Regiments hatte eine Tochter – so eine von den sanften Schäfchen, die ans Herz genommen und getragen werden wollen, weil sie sonst glauben, daß sie sterben müssen. Sie schien von der Natur dazu geschaffen, solchen Leuten, wie dem Kapitän, zur Beute zu fallen. Er lief stets hinter ihr her, obgleich der Oberst ihr wiederholt sagte, gehe dem Kerl aus dem Wege, meine Tochter. – Aber sie fortzuschicken, dazu hatte er doch nicht den Mut, denn er war Witwer und sie sein einziges Kind.«

»Einen Augenblick, Mulvaney,« sagte ich, »wie in aller Welt kommst du zu solchen Geschichten?«

»Wie das kommt?« erwiderte der mit einem höhnischen Grunzen, »soll ich darum nichts sehen und hören dürfen, weil ich der Königin zu Gefallen in einen Holzklotz verwandelt werde, immer geradeaus sehen muß, mit einem – einem – Kandelaber in der Hand, damit Ihr Eure Karten in Empfang nehmen könnt? Erst recht! Auf dem Rücken, in den Stiefeln und in den kurzen Haaren meines Nackens, überall habe ich Augen, wenn ich im Dienst bin und mit den wirklichen Augen geradeaus sehen muß. Glaubt mir, werter Herr! Nehmt mein Wort drauf. Alles und noch viel mehr, als das, kommt in einem Regiment herum; wozu giebt es denn den Meßsergeanten oder eine Sergeantenfrau, die beim Majorsbaby Ammendienste verrichtet!

»Also dieser Kap'tän – er war ein schlechter Exerziermeister, ein ganz fauler Kunde, und als ich ihn mir erst genauer betrachtet hatte, sagte ich zu mir – das ist ja ein ganz gewöhnliches Huhn, sagte ich, der reine Hahn von einem Gosportschen Misthaufen, – von Portsmouth war er zu uns gekommen – dem muß der Kamm noch ordentlich geschoren werden, und mit Gottes Hilfe wird Terence Mulvaney ihn scheren.

»So tänzelte und scharwenzelte er immer um des Obersten Tochter herum, und sie, das unschuldige Ding, kuckte ihn an, wie der Kommissariatsbulle den Kompagniekoch. Er hatte einen schmutzigen, kleinen Fetzen von schwarzem Schnauzbart, und jedes Wort, was er sprach, drehte und wendete er, als ob es ihm noch zu schade wäre, es auszuspucken. Ja, ja! Er war ein ganz gemeiner Kerl und ein Lügner von Natur. Es giebt solche, denen das angeboren ist. So einer war er auch. Ich wußte, er steckte bis über die Ohren in Schulden bei den Eingeborenen, und außerdem waren da noch eine Menge anderer Dinge, die ich aber aus Rücksicht für Euch, werter Herr, verschweigen will. Etwas von dem, was ich wußte, wußte auch der Oberst, denn der wollte nichts von ihm wissen, und nach dem, was später passierte, glaube ich, war das auch dem Kapitän ganz klar.

Eines schönen Tages, als alles vor Langerweile starb, sonst wären sie wohl nicht darauf verfallen, gaben sie im Regiment Theater-

Aufführungen – die Offiziere und die Offiziersdamen. Ihr habt so was gewiß schon öfters gesehen, Herr, und wißt, was das für ein armseliges Vergnügen ist für den, der in der hintersten Ecke sitzt und zu Ehren des Regiments mit den Füßen trampelt. – Ich war dazu bestimmt, die Koulissen zu wechseln und allerlei aufzuziehen und herunter zu lassen. Das war leichte Arbeit, dazu gutes Bier und ein hübsches Mädchen, das die Offiziersdamen anzog, – vor 12 Jahren starb sie leider in Aggra – aber halt, meine Zunge geht wieder mit mir durch. Sie spielten ein Stück, das die »Herzallerliebste« hieß, von dem Ihr vielleicht schon gehört habt, und des Obersten Tochter war die Kammerjungfer einer Dame. Der Kapitän war ein Diener, Broom genannt. Spread Broom war seine Name im Stück. – Und da entdeckte ich denn, – während des Spieles zeigte es sich – was ich vorher noch nicht wahrgenommen hatte – er war kein Gentleman. Sie waren zu viel zusammen – diese Beiden. Es war ein ewiges Geflüster hinter den Koulissen, die ich auszuwechseln hatte, und manches von dem, was sie sprachen, belauschte ich, denn ich war wie der Kater dahinter her, ihm den Kamm zu scheren.

»Er bestürmte sie fortwährend, sie solle auf seine schändlichen Schliche eingehen; sie versuchte es allerdings, sich zu wehren, aber rechter Ernst schien es ihr doch nicht damit zu sein. Es wundert mich jetzt noch, daß meine Ohren damals von all der Horcherei nicht eine Elle über meinen Kopf hinausgewachsen sind. Aber ich that so, als wenn ich nichts sah und hörte, und zog auf und ließ herunter, wie es mein Amt war, so daß die Offiziersdamen, die glaubten, ich könne sie nicht hören, zu einander sagten: was für ein gefälliger junger Mann ist doch dieser Korporal Mulvaney. Ich war damals Korporal. Später wurde ich ja wieder abgesetzt. Aber das ist einerlei, einmal war ich es doch.

Also diese »Herzallerliebste« Angelegenheit spielte sich ab, wie die meisten solcher Liebhaber-Aufführungen, und richtig, mein Verdacht bestätigte sich – in der Generalprobe kam es heraus –, daß er – dieser Schuft – und sie, nicht klüger, als man von ihr erwarten konnte, einen gemeinen Schurkenstreich verabredet hatten.«

»Einen was?« fragte ich.

»Einen ganz gemeinen Schurkenstreich. Was Ihr eine Entführung nennt. Ich nenne es eine Schurkerei, weil ich es, ausgenommen, wo solches rechtlich und in Ordnung, für unrecht und schmutzig halte, einem Manne sein einziges Kind zu stehlen, das noch gar keine eigene Ueberlegung besitzt. Beim Kommissariat war ein Sergeant, der mich auf solche Sachen scharf gemacht hat. Ich werde Euch das mal erzählen.«

»Na, nun bleibe doch bei deiner Seele von Kapitän, Mulvaney,« sagte Ortheris, »mit so untergeordneten Kommisseriatssergeanten brauchen wir uns hier nicht zu befassen.«

Mulvaney fügte sich dieser Einwendung und fuhr fort:

»Nun wußte ich, daß der Oberst kein Dummkopf war, ebensowenig wie ich selbst, denn ich war der pfiffigste Mann im Regiment und der Oberst der vorzüglichste Offizier, der in Asien kommandierte – was er sagte, und was ich sagte, darauf konntet Ihr Euch hängen lassen.

Wir wußten, daß der Kapitän ein schlechter Kerl war, aber aus Gründen, die ich schon mal verschwiegen habe, wußte ich noch mehr, als mein Oberst. – Ich würde ihm eher die »Visage« glatt gebügelt haben, ehe ich geduldet hätte, daß er das Fräulein entführte. Weiß der Himmel, ob er die Absicht hatte, sie zu heiraten, aber wenn nicht, dann wäre sie in die schrecklichste Bredouille gekommen, und es hätte einen Mordsskandal gegeben. – Doch ich hatte nicht nötig, dazwischen zu hauen und mich an meinem Vorgesetzten zu vergreifen, und das war ein reines Wunder, wie ich jetzt einsehe.«

»Mulvaney, es fängt schon an, hell zu werden,« sagte Ortheris, »und wir sind noch um nichts weiter gekommen, als wo wir angefangen haben. Leihe mir mal deinen Tabaksbeutel, meiner ist leer.«

Mulvaney krempelte seinen Tabaksbeutel um und stopfte daraus seine eigene Pfeife frisch.

»So ging die Generalprobe zu Ende, aber weil ich neugierig war, blieb ich noch da, nachdem ich mit meinem Koulissenschieben fertig war, und als ich schon längst wieder in der Kaserne sein mußte, lag ich noch platt wie eine Padde unter einer gemalten Häuserkoulisse. Sie unterhielten sich ganz leise, und sie zitterte und zappelte, wie ein frisch gefangener Fisch. – »Hast du den Plan nun auch richtig verstanden?« fragte er sie, oder etwas ähnliches diesbezügliches, wie das Militärgericht sagt.

»Ja, vollkommen,« erwiderte sie, »aber ich fürchte, es wird furchtbar schwer für meinen Vater sein.« – »Ach, zum Henker mit deinem Vater,« sagte er, oder jedenfalls dachte er es; »unsere Abrede ist ja so klar, wie dicke Tinte. Jungi wird mit dem Wagen vorfahren, wenn alles vorbei ist, und du kommst ruhig und unbekümmert zum 2 Uhrzug auf die Station, wo ich mit dem Gepäck sein werde.«

»Sieh mal an, dachte ich bei mir, also eine Ayah hat auch ihre Finger in der Sache.

»Ein nichtswürdiges Frauenzimmer ist so eine Ayah! Mögt Ihr niemals mit einer was zu thun bekommen.

Dann fing er an, sie zu liebkosen, und als alle Offiziere mit ihren Damen fort waren, wurden die Lichter ausgelöscht.

Um Euch nun die »Theorie des Rückzuges« begreiflich zu machen, wie sie bei der Infanterie sagen, müßt Ihr wissen, daß sie nach dem »Herzallerliebsten« Unsinn noch ein anderes kleines Stück aufführten, »Liebespaare« genannt, verschiedene Arten von Herren oder so was ähnliches. Das Fräulein spielte auch in diesem Stück mit, er aber nicht. Ich vermutete daher, daß er die Absicht hatte, nach dem Ende des ersten Stückes mit dem Gepäck des Fräuleins zur Eisenbahnstation zu fahren. – Das schoß mir durch den Kopf, denn so viel wußte ich, daß es für einen Kapitän keine größere Gemeinheit gab und für noch schlimmer als das Verlassen der Fahne gegolten hätte, – so hieß es später allgemein – als Landstreicher herumzuziehen, mit Gott weiß was für einen »Truso« unter dem Arm.«

»Warte mal, Mulvaney, was ist das, ein Truso?« fragte Ortheris.

»Du bist ein ungebildeter Mensch, mein Sohn. Wenn ein Mädchen heiratet, dann sind ihre Aussteuersachen und ihr sonstiges Eigentum der »Truso«, was so viel heißt, wie der Brautschatz. Und es bleibt sich gleich, wenn sie auch durchbrennt, und wäre es selbst mit dem größten Schurken, den die Rangliste aufweist. Darauf baute ich nun meinen Feldzugsplan. Die Wohnung des Obersten war eine gute halbe Stunde weit weg. Dennis, sagte ich zu unserm Fahnensergeanten, wenn Ihr mich lieb habt, dann leiht mir Euer kleines

Gefährt; denn mein Herz ist traurig, und meine Füße sind wund von dem vielen Getrampel bei den Narrenspossen auf der Gaff. Und Dennis lieh mir das Gefährt mit einem feurigen Fuchshengst in der Deichsel. Als sie alle zur ersten Szene der »Herzallerliebsten« Platz genommen hatten, die sehr lang war, schlüpfte ich heraus und in meinen Wagen hinein. Himmel Sakerment! Habe ich dem Gaul Beine gemacht, und unter fortwährenden Sprüngen, als wenn uns der Deubel auf den Fersen saß, kamen wir beim Gehöft des Obersten an. – Es war niemand da außer den Dienern, aber als ich ums Haus fuhr, traf ich die Ayah des Fräuleins.

»Du schwarze, freche Hexe, du willst deines Herrn Ehre für fünf Rupien verkaufen? Na warte. Ich will dich. – ›Lade das Gepäck des Fräuleins auf,‹ rief ich laut, ›und spute dich. Der Kapitän hat es befohlen. Wir fahren nach der Eisenbahnstation,‹ sagte ich, und dabei legte ich den Finger an die Nase und machte ein Gesicht, als wenn ich der verschmitzteste Hallunke wäre.

›Alles bereit,‹ erwiderte sie, und daraus ersah ich, daß sie an der Sache beteiligt war.

Ich raffte nun alle süßen Redensarten Zusammen, die ich in den Bazaren gelernt hatte, und häufte sie auf dieses weibliche Nashorn, dann bat ich sie, so rasch zu machen, wie nur möglich. Während sie auflud, stand ich abseits und schwitzte vor Angst, denn ich wurde bald gebraucht, um die zweite Szene zu wechseln. Ich sage Euch, zu so einem Mädchenraube gehört ebensoviel Bagage, wie ein Regiment auf dem Marsche nötig hat.

»Möge der Himmel nur Dennis seine Wagenfedern beschützen, dachte ich, als ich die Sachen einkramte, denn ich kann mit ihnen kein Erbarmen haben.

»›Ich komme mit,‹ sagte die Ayah! ›Nein,‹ versetzte ich, ›du darfst nicht mit. Später, mein Herzchen. Du wartest hier. Später komme ich wieder und bringe dir Zuckerwerk mit, du Spitzbube, du –,‹ na, es kommt ja nicht drauf an, wie ich sie titulierte. Dann jagte ich wieder nach der Gaff zurück, und eine gütige Vorsehung wollte es, weil ich ein gutes Werk that, wie Ihr wißt, daß Dennis seine Wagenfedern hielten. – Wenn der Kapitän nun die Bagage holen will, dachte ich, wird er einen guten Schrecken kriegen.

»Nach dem Schluß der »Herzallerliebsten« fuhr er denn auch wirklich in seinem Wagen zur Wohnung des Obersten, und ich saß auf der Treppe und lachte in mich hinein. Ab und zu schlüpfte ich ins Haus, um zu sehen, wie weit das Stück war, und kurz vor seinem Ende ging ich zwischen den vielen Wagen herum und sang leise »Jungi«. Es fuhr auch gleich einer an, und ich gab dem Kutscher ein Zeichen. ›Hierher!‹ rief ich. Dann kam er heran, und als er nahe genug war, haute ich ihm, was ich nur konnte, einen auf das Nasenbein. Er kugelte sofort um und gab einen Gurgelton von sich, wie der Faßhahn in der Kantine, wenn das letzte Bier herauskluckst.

»Dann lief ich nach meinem Gefährt, nahm das Gepäck heraus und trug es in Jungis Wagen. Der Schweiß lief mir vom Gesicht herunter. ›Mach', daß du nach Hause kommst,‹ sagte ich dann zu meinem Pferdejungen; ›hier liegt ein Mann, der sehr krank ist; nimm ihn mit, und wenn du je ein Wort von dem weiter sagst, was du gesehen oder gehört hast, dann vermöbele ich dir das Gesicht, daß dich deine eigene Frau nicht wieder erkennen soll.‹

»Nun hörte ich das Beifallsgetrampele am Ende der Aufführung und lief rasch hinein, um den Vorhang herunter zu lassen. – Als dann alles herauskam, versuchte das Fräulein, sich hinter einem Pfeiler zu verbergen, und rief so leise, daß ein Hase es nicht hätte hören können: Jungi! Dann lief ich nach Jungis Wagen, nahm die alte schäbige Pferdedecke vom Bock, wickelte den Kopf und meinen übrigen Körper drin ein und fuhr vor, wo sie stand.

» ›Mein Fräulein,‹ rief ich, ›nach der Eisenbahnstation? Habe Befehl vom Herrn Kapitän.‹ Und ohne ein Zeichen sprang sie in den Wagen unter alle ihre Gepäckstücke.

»Ich haute auf die Pferde und raste wie eine Lokomotive nach dem Gehöft des Obersten, ehe er dort anlangte; sie schrie laut auf, und ich war schon angst, sie würde ohnmächtig werden. Die Ayah kam heraus und erzählte ihr alles Mögliche vom Kapitän, der erst nach dem Gepäck gefragt habe und dann nach der Station gefahren sei. ›Lade das Gepäck aus, du Satan,‹ rief ich, ›oder ich schlage dich tot.‹

Die Laternen aller Wagen, die von der Gaff zurückkamen, leuchteten schon über den Exerzierplatz herüber, und Ihr hättet sehen sollen, wie die beiden Frauenzimmer über die Kisten und Koffer herfielen und sie wieder herein schleppten. Ich hätte ihnen ja für mein Leben gern dabei geholfen, aber da ich nicht erkannt sein durfte, saß ich ganz still mit der Decke um mich, hustete und dankte Gott, daß kein Mondschein war.

Als alles wieder ins Haus gebracht war, bat ich nicht erst um ein Trinkgeld, sondern jagte, was ich konnte, in der entgegengesetzten Richtung der anderen Wagen weiter und löschte meine Laternen aus.

Bald darauf wurde ich einen Neger gewahr, der sich auf der Landstraße herum wälzte. Ich stieg ab, ehe ich an ihn heran war, denn ich ahnte, die Vorsehung würde es weiter mit mir gut meinen in dieser Nacht. – Es war Jungi mit platt gedrückter Nase und so totenkrank, wie man es nur wünschen konnte. – Der Pferdejunge mußte ihn aus dem Wagen geworfen haben. – Als ich »Heda« rief, kam er zu sich und fing an zu heulen.

›Du schwarzer Schmutzklumpen, so leitest du dein Gefährt? Dein Wagen ist diese ganze Nacht in der Welt herumgesaust, und du räkelst dich wie eine alte Sau hier im Dreck herum. Steh' auf, du Schweinigel,‹ rief ich lauter, denn ich hörte im Dunkeln die Räder eines Fuhrwerks; ›steh' auf und steck' deine Laternen an, sonst wirst du angefahren.‹ – Das war auf der Straße zur Eisenbahnstation.

›Was zum Teufel, ist hier los?‹ rief des Kapitäns Stimme im Dunkeln, und ich konnte mir so ungefähr vorstellen, wie er vor Wut schäumte.

›Der Kutscher hier ist betrunken, Herr,‹ erwiderte ich. ›Ich habe seinen Wagen, der in der Gegend hier herumirrte, aufgegriffen, und jetzt habe ich ihn selbst gefunden.‹

›Wie heißt er?‹ rief der Kapitän. Ich bückte mich und that so, als wenn ich hören wollte, was er sagte. ›Er sagt, er hieße Jungi, Herr,‹ antwortete ich.

›Halte mein Pferd,‹ schrie der Kapitän seinem Kutscher zu und sprang mit der Peitsche vom Wagen. Dann hieb er, wahnsinnig vor Wut und fluchend wie ein Fuhrknecht, auf den unglücklichen Jungi los.

Nach einer Weile dachte ich, er würde ihn tot schlagen; ich rief deshalb: ›Herr, halten Sie ein, oder Sie begehen einen Mord,‹ – Das lenkte seine ganze Wut auf mich, und er verwünschte mich in die Hölle herein und wieder heraus.

Ich stand stramm, salutierte und rief: ›Herr, wenn jeder Mensch in dieser Welt nach Verdienst behandelt würde, so glaube ich, müßte noch mehr als einer zu Brei gehauen werden für das, was er diese Nacht verbrochen hat, wenn er auch seine Absicht nicht erreicht hat. Herr, sehen Sie!‹

Nun, dachte ich, Terence Mulvaney, du hast dir deine eigene Kehle durchgeschnitten, denn er wird zuhauen, und dann wirst du ihn wieder schlagen zum Besten seiner eigenen Seele, aber zu deiner ewigen Schande.

Aber der Kapitän erwiderte nicht ein Wort. Er schrak zusammen, wo er stand, stieg auf seinen Wagen, ohne mich zu grüßen, und ich ging in die Kaserne zurück.«

»Und dann?« sagten Ortheris und ich gleichzeitig.

»Das war alles, kein Wort hörte ich weiter von der Geschichte. Alles, was ich erfuhr, war das, daß aus dem Durchbrennen nichts wurde, und das war, was ich gewollt hatte.

Nun frage ich Euch, Herr, sind zehn Tage Kasernenarrest eine passende und anständige Behandlung für jemanden, der sich so aufgeführt hat, wie ich?« –

»Immerhin,« sagte Ortheris, »war es doch nicht diesem Oberst seine Tochter, und du warst doch nicht schlecht betrunken, als du so drauf versessen warst, dich durchaus im Fortgraben zu waschen.«

»Das ist eine gänzlich überflüssige und impertinente Bemerkung,« erwiderte Mulvaney und goß den letzten Tropfen Champagner herunter.

Die Geschichte des Gemeinen Learoyd.

»Und er erzählte eine Geschichte.«

Bücher des Gautama Buddha.

Fern von den Wohnungen der Kompagnieoffiziere mit ihren wenigen Lumpenparaden, fern von den scharfnasigen Sergeanten, die jede in den Bettkissen versteckte Pfeife schnüffeln, Zwei Meilen entfernt vom Lärm des Lagers, liegt die »Falle«. – Es ist ein alter ausgetrockneter Brunnen, beschattet von einem dicht verflochtenen Seifenbaum und eingehegt von hohem Grase, – Hier hatte vor vielen Jahren der Gemeine Ortheris sein Depot errichtet, eine Menagerie von toten und lebendigen Besitztümern, deren Einführung in die Kaserne zu gefährlich gewesen wäre, – Hier sammelte er Houdin-Hühnchen und Foxterrier von zweifelloser Abstammung und mehr als zweifelhaftem Eigentumsrecht, denn Ortheris war ein eingefleischter Wilddieb und in einem ganzen Regiment von geschickten Hundestehlern würde er doch voran geleuchtet haben.

Sie kommen niemals wieder, jene schönen, müßigen Abende, an denen Ortheris, sanfte Weisen flötend, wie ein Heilkünstler unter den Gefangenen seines Kunsthandwerks am Fuße des Brunnens umherging, während Learoyd in der Nische saß und weise Ratschläge über die Behandlung von Kötern erteilte, und Mulvaney, auf einem krummen Ast des überhängenden Pfeifenbaumes sitzend, seine enormen Stiefel segnend über unseren Köpfen baumeln ließ und uns mit Liebes- und Kriegsgeschichten traktierte und seine interessanten Erfahrungen über Städte und Menschen zum Besten gab.

Ortheris – nun gelandet in dem kleinen, so lange ersehnten Laden mit ausgestopften Vögeln, Learoyd – wieder zurück, geachtet, in dem rauchigen, steinigen Norden, zwischen den lärmenden Webstühlen von Bradfort, Mulvaney – ergraut, weichherzig, ein Ulysses an Weisheit, verschmachtend bei den Erdarbeiten einer Central-Indien-Linie – nun urteilt, ob ich die alten Tage der Falle vergessen habe.

Ortheris will ja immer alles besser wissen, als andere Leute, und behauptet, sie wäre keine wirkliche Dame gewesen, sondern nur eine Farbige. Ihre Gesichtsfarbe war ja ein bischen dunkel, darüber will ich nicht streiten, aber eine Dame war sie doch. Warum denn auch nicht? Sie hatte einen eigenen Wagen und ein Paar gute Pferde davor, und ihr Haar war so schön geölt, daß man sich drin spiegeln konnte. Sie trug Diamantringe und eine goldene Kette, Kleider von Seide und Atlas, die viel gekostet haben mußten, denn das sind keine billigen Läden, die von einem Stoff so viel auf Lager haben, daß es für eine Figur, wie ihre, ausreicht, Ihr Name war Mrs. De Sussa, und bekannt wurde ich mit ihr durch den Hund Rip, der unserer Frau Oberstin gehörte.

Ich habe eine Masse Hunde gesehen, aber Rip war das schönste Exemplar eines klugen Foxterriers, das mir je vor Augen gekommen ist. Er konnte einfach alles, außer sprechen, und unsere Oberstin schenkte ihm mehr Vertrauen, als wenn er ein Christ gewesen wäre. Sie hatte auch eigene Kinder, aber die waren in England, und Rip wurde deshalb sehr verzogen und heimste alle Liebkosungen ein, die von rechtswegen den Kindern zukamen.

Aber Rip hatte etwas von einem Landstreicher an sich – die Angewohnheit, aus dem Lager auszubrechen und den ganzen Platz abzusuchen, als wenn er Kaserneninspektor wäre und Revision abzuhalten hätte. – Der Oberst verlederte ihn einige Male, aber daraus machte sich Rip weiter nichts und fuhr fort, seine Runden zu gehen und dabei mit dem Schwanze zu wedeln, als ob er der Welt durch Flaggensignale Mitteilungen machen wollte, daß es ihm gut ginge, oder er danke für gütige Nachfrage, oder wie ist Euer Wohlbefinden? Aber der Oberst besaß keinen Hundeverstand und legte ihn an die Kette.

Ein wahrer Prachtkerl war der Hund, und zu verwundern ist es weiter nicht, daß sich die Dame Mrs. De Sussa in ihn ganz vernarrt hatte. In einem der zehn Gebote steht geschrieben: Du sollst nicht begehren Deines Nächsten Ochsen, noch seinen Esel, aber es steht nichts darin von Foxterrier-Hunden, und darin liegt denn auch wohl die Erklärung, daß Mrs. De Sussa den Rip begehrte, trotzdem sie jeden Sonntag mit ihrem Eheliebsten zur Kirche ging. Der war viel dunkler als sie. Hätte er auf seinem Rücken nicht einen so guten

Rock getragen, so konnte man ihn, ohne zu lügen, einen Schwarzen nennen. – Es hieß so, er hätte mit seinen Pfennigen in Leder gemacht und dabei ein riesiges Glück gehabt.

Nun, Ihr könnt Euch denken, nachdem Rip festgelegt war, erfreute sich der arme Bursche keines besonderen Wohlergehens mehr. Die Frau Oberstin schickte deshalb zu mir, da ich doch den Ruf hatte, mich auf Hunde zu verstehen, und fragte mich, was ihm wohl fehle? Ja, sagte ich, er langweilt sich eben, er muß seine Freiheit haben und Gesellschaft, wie jeder von uns, und erhält er ab und zu eine Ratte oder zwei, so wird er bald wieder aufleben. Es ist ja nur ein ziemlich gewöhnliches Vergnügen, Ratten zu jagen, sagte ich, aber das liegt nun einmal in der Natur von so einem Hunde, und dazu gehört auch, daß er herumstreichen darf und andere Hunde aufsucht, um mit ihnen den Tag über zuzubringen und sich auch, wie echte Christen, gegenseitig mal ein bischen an die Kehle zu fahren.

Da meinte sie denn, ihr Hund dürfte nicht solche Kämpfe aufführen, und Christen dürften auch nicht kämpfen.

›Wozu sind denn die Soldaten da?‹ fragte ich. Dann setzte ich ihr alle die verschiedenartigen Eigenschaften eines Hundes auseinander; und wenn man ordentlich darüber nachdenkt, so muß man sich doch sagen, daß es wirklich eine ganz kuriose Sache mit ihnen ist. Denn einmal müssen sie lernen, sich zu benehmen, wie ein geborener Gentleman, der ersten Gesellschaft würdig – ich hörte, daß sogar unsere Königin-Witwe einen guten Hund gern hat und ihn ebenso gelten läßt, wie irgend eine Person – dann aber heißt es wieder – Katzen jagen, in allerlei Schurkenstreiche auf der Straße verwickelt werden, Ratten morden und kämpfen wie ein Teufel.

Die Frau Oberstin erwiderte darauf: ›Gut, Learoyd, ich stimme freilich nicht mit Euch überein, aber in einer Hinsicht habt Ihr doch Recht, und so möchte ich denn gern, daß Ihr Rip manchmal mit Euch spazieren nehmt, aber Ihr dürft ihn nicht raufen lassen oder Katzen jagen und sonstige Ungezogenheiten vollführen lassen‹ – ja, genau so waren ihre Worte.

Also Rip und ich machten dann abends gemeinschaftliche Ausflüge; er war ein Hund, der jedem Mann zum Stolz gereichen mußte. Ich fing eine Menge Ratten, damit wir in den ausgetrockneten

Schwemmbädern hinter dem Lager Jagden abhalten konnten, und da dauerte es denn auch nicht lange, so glänzte er wieder wie ein blanker Knopf. – Er hatte eine ganz eigene Art, auf die großen Straßenhunde loszugehen; wie ein Pfeil schoß er auf sie zu, und wenn auch sein Gewicht nur gering war, er fiel sie mit solcher Wucht an, daß sie überkugelten wie die Kegel auf dem Brett, und wenn sie auskniffen, raste er hinter ihnen her, als wenn es Kaninchen zu jagen gäbe. Und ebenso machte er es mit Katzen, wenn er sie zum Laufen bringen konnte. Eines Abends strichen Rip und ich wieder umher und kamen über einen Erdwall. Wir waren hinter einer dieser »Mondgänse« her, die er aufgestöbert hatte, und suchten ein dichtes Gebüsch ab. Da sahen wir plötzlich Mrs. De Sussa mit einem Sonnenschirm über der Schulter, wie sie uns beobachtete. – ›Ach,‹ flötete sie, ›da ist ja der süße Hund. Wird er sich wohl von mir streicheln lassen, Herr Soldat?‹

›O, das wird er wohl, meine Gnädige,‹ sagte ich, ›denn er liebt Damengesellschaft. Komm hierher, Rip, und sprich zu dieser freundlichen Dame.‹ – Und als Rip sich überzeugt hatte, daß die »Mondgans« verschwunden war, kam er heran, Gentleman, der er war, ohne Scheu und nicht im geringsten ungewandt.

›O du schöner, du reizender Hund,‹ rief sie in den süßesten Tönen, wie sie solchen Damen eigen sind, ›ich möchte einen Hund haben, wie dich. Du bist so überaus liebenswert, so ganz außerordentlich niedlich,‹ und noch mehr solches Geschwätz, bei dem sich, glaube ich, ein verständiger Hund nichts denken kann, wenn er es auch mit Rücksicht auf seine gute Erziehung über sich ergehen läßt. – Und dann ließ ich ihn über den Stock springen, Pfote geben, bitten, tot sein und noch allerlei andere Künste ausführen, wie sie Hunden von Damen beigebracht werden. Ich bin eigentlich selbst gar kein Freund von solchen Späßen, weil es einen guten Hund »zum Narren machen« heißt, wenn er solche Sachen thun muß. – Und zu guterletzt kam es denn heraus, daß sie schon seit langer Zeit ein Auge auf Rip geworfen hatte, wie man zu sagen pflegt. Ihre Kinder waren erwachsen, seht Ihr, zu thun hatte sie nichts, und nun warf sie sich auf Hunde. – So fragte sie mich denn, ob ich wohl einen Trunk möchte, und darauf gingen wir in ihr Wohnzimmer, wo auch ihr Mann saß. Da machten sie nun eine große Wirtschaft mit dem Hunde, und ich bekam eine Flasche Ale, und er gab mir noch eine Handvoll Cigarren.

Als ich fortgehen wollte, flötete das alte Frauenzimmer: ›O, Herr Soldat, bitte, kommt wieder und bringt den reizenden Hund mit.‹

Meiner Frau Oberstin gegenüber hielt ich dicht und sagte nichts von Mrs. De Sussa, und Rip sagte auch nichts; so ging ich denn wieder hin, und jedesmal gab es einen guten Schluck und eine Handvoll anständigen Rauchzeugs. – Ich erzählte der alten Schachtel eine Unmasse von Dingen über Rip, die ich selbst niemals vorher gehört hatte; er hätte den ersten Preis auf einer Hunde-Ausstellung ln London bekommen, und der Mann, der ihn groß gezogen, hätte dreiunddreißig Pfund Sterling und vier Schilling für ihn erhalten, und ein Bruder von ihm wäre im Besitze des Prinzen von Wales, und er besäße einen Stammbaum, so lang wie der eines Herzogs. – Und sie griff alles auf und wurde nicht müde, ihn zu bewundern. Aber als die alte Person anfing, mir Geld zu geben, und als ich sah, daß sie ganz verrückt auf den Hund war, fing ich an, Verdacht zu schöpfen. Alan kann einem Soldaten wohl in freundlicher Weise ein Trinkgeld anbieten, darin liegt kein Unrecht, aber wenn es sich bis zu 5 Rupien versteigt, die einem heimlich in die Hand gedrückt werden, dann ist es, wie die Betbrüder sagen, Bestechung und Verworfenheit. – Und als dann Mrs. De Sussa Andeutungen machte, daß das kalte Wetter wohl bald vorbei sein würde, und daß sie dann nach Munsooree Pahar ginge, während wir nach Rawalpindi zögen, und daß sie dann Rip nie mehr sehen würde, wenn nicht einer, den sie kenne, ihr einen Gefallen thäte, – da erzählte ich Ortheris und Mulvaney die ganze Geschichte von Anfang bis zu Ende.

›Es ist Diebstahl, auf den das alte Frauenzimmer hinaus will,‹ sagte der Irländer, ›es ist ein Schurkenstreich, zu dem sie dich verführen will, mein Freund Learoyd, aber ich will deine Unschuld beschützen. Ich will dich retten aus den sündhaften Schlingen dieser reichen, alten Person, und ich will heute Abend mit dir gehen und ihr mal etwas von Rechtschaffenheit und Ehrlichkeit beibringen, – Aber, heiliger Patrick,‹ rief er dann kopfschüttelnd, ›eigentlich war das doch nicht schön von dir, all das gute Getränk und die feinen Cigarren für dich zu behalten, während Ortheris und ich hier herumschleichen mit Kehlen, so trocken wie ungelöschter Kalk, und nichts anderes zu rauchen haben, als das alte Kantinen-Zeug. Das war doch ein schlechter Streich, den du deinen Kameraden gespielt hast, denn was hast du besonderes vor uns voraus, Learoyd, daß du dich auf seidenen Stühlen schaukeln willst; als ob Terence Mulvaney nicht mit jedem den Vergleich aufnehmen könnte, der in Leder handelt.‹

›Laß mich dazwischen heraus‹ rief Ortheris, ›aber so geht es im Leben. Die wirklich auserlesen wären, die Zierde der Gesellschaft zu sein, können sich nie hervorthun, und so ein Tölpel von Yorkshire-Mann, wie du einer bist –‹

›Bitte,‹ rief ich, ›sie will gar keinen tölpelhaften Yorkshire-Mann haben, sondern Rip will sie. Das ist der Gentleman, der hier begehrt wird.‹

Also am nächsten Tage gingen Mulvaney, Rip und ich zu Mrs. De Sussa. Anfangs war sie ein bischen verlegen, weil sie den Irländer noch nicht kannte. Aber Ihr wißt ja, wie Mulvaney reden kann, und so könnt Ihr auch glauben, daß er das alte Frauenzimmer so behexte, daß sie mit allem herauskam und uns sagte, daß sie Rip mit sich nehmen wolle nach Munsooree-Pahar, Da änderte Mulvaney aber seine Tonart und fragte sie feierlich, ob sie denn wohl über die Folgen nachgedacht hätte, darüber, daß sie zwei arme, aber ehrliche Soldaten nach den Verbannungsinseln befördern würde. Nun fing Mrs. De Sussa an zu weinen, so daß Mulvaney andere Saiten aufzog und sie zu beruhigen versuchte – er wolle ja zugeben, daß Rip besser dran sein würde in den Bergen, als in dem Bengalischen Tieflande, und daß es doch eigentlich ein Jammer wäre, daß er nicht mit denen gehen könnte, die ihn so lieb hätten. Und so redete er dann auf die alte Person ein und predigte drauf los, bis ihr zu Mute war, als ob ihr Leben keinen Pfennig Wert mehr hätte, wenn sie den Köter nicht bekäme.

Da sagte er plötzlich: ›Sie sollen ihn haben, Gnädige, denn ich habe ein mitleidiges Herz, nicht so eins, wie dieser kaltblütige Yorkshire-Mann, aber es wird Ihnen was kosten und zwar nicht weniger als 300 Rupien.‹

›Glaubt ihm nicht, meine Dame,‹ sagte ich, ›die Frau Oberstin giebt ihn nicht für 500 Rupien her.‹

›Wer sagt denn, daß sie das soll,‹ sagte Mulvaney, ›ich spreche ja garnicht von kaufen, sondern von etwas ganz anderem, liebe Gnädige, wenn ich auch nie in meinem Leben gedacht hätte, daß mir so was in den Sinn kommen könnte. Ich will ihn stehlen.‹

›O, stehlen müßt Ihr das nicht nennen,‹ sagte Mrs. De Sussa, ›er soll das glücklichste Heim haben. Hunde gehen ja oft verloren, wie Ihr wißt, und dann irren sie umher, und dann liebt er mich, und dann liebe ich ihn, wie ich noch nie einen Hund geliebt habe, und ich muß ihn haben. – Wenn ich ihn im letzten Augenblick erhielte, würde ich ihn fort nach Munsooree-Pahar tragen, und niemand sollte jemals etwas davon erfahren.‹

Nun sah mich Mulvaney wieder von der Seite an, und wenn ich auch nicht dahinter kommen konnte, was er im Sinne hatte, beschloß ich doch, seiner Führung zu folgen.

›Nun wohl, meine Gnädige,‹ sagte ich, ›ich hätte nie gedacht, daß ich bis zum Hundestehlen herunterkommen würde, aber wenn mein Kamerad einen Weg sieht, einer Dame, wie Sie sind, einen Gefallen zu thun, so bin ich nicht der Mann, zurückzubleiben. Ich finde freilich, es ist ein schlechtes Geschäft, denn dreihundert Rupien sind doch nur ein kärglicher Ersatz gegenüber der Möglichkeit, auf die verfluchten Strafinseln zu kommen, von denen Mulvaney sprach.‹

›Ich will Euch 350 geben,‹ sagte Mrs. De Sussa, ›nur verschafft mir den Hund.‹

Wir ließen uns überreden, und sie nahm auf der Stelle Rips Maß und schickte zu Hamilton, um ein silbernes Halsband zu bestellen für die Zeit, wann er ihr gehören würde, was an dem Tage sein sollte, wo sie nach Munsooree abreiste.

›Hör' mal, Mulvaney,‹ sagte ich, als wir draußen waren, ›du wirst ihr den Rip doch nicht wirklich verschaffen wollen?‹

›Und du wirst doch nicht so eine arme alte Frau täuschen wollen,‹ sagte er, »sie soll *einen* Rip haben.«

›Wie soll denn das gemacht werden?‹ sagte ich.

›Learoyd, mein Junge,‹ flötete er, ›du bist ein hübscher Bursche mit deiner schönen Größe, und ein guter Kamerad bist du ja auch, aber dein Kopf ist von Stroh. Ist unser Freund Ortheris nicht der reine Künstler im Ausstopfen von Tieren mit seinen geschickten weißen Fingern? Und was ist denn ein Ausstopfer anders als ein Mann, der sich auf die Behandlung von Fellen versteht? Nun denke mal an den weißen Hund, der dem Kantinen-Sergeanten gehört, und der ihm so wenig Ehre macht; die eine Hälfte der Zeit ist er immer verloren, und die andere beschäftigt er sich mit Knurren. Den wollen wir mal für immer »verloren sein« machen. Kannst du dich auf ihn besinnen, er sieht dem Hunde der Frau Oberstin so ähnlich, wie ein Ei dem andern, sowohl in Form, wie in Größe, nur sein Schwanz ist einen Zoll länger, und außerdem hat er nicht die schöne Farbe, die der wirkliche Rip hat, und auch sein Temperament ist anders, es ist so wie das seines Herrn und noch schlimmer. – Doch was macht ein Zoll mehr oder weniger an einem Hundeschwanz aus? Und was will das für einen Sachverständigen bedeuten, wie Ortheris, einige runde Flecke in schwarz, braun und weiß zu malen? Garnichts, aber auch rein garnichts.‹

Dann suchten wir Ortheris auf, und dieser kleine Kerl, schlau wie ein Fuchs, sah der Sache sofort bis auf den Grund. – Gleich am nächsten Tage legte er sich auf's Haarfärben und fing bei einigen seiner Kaninchen an; dann übertrug er Rips Abzeichen auf den Rücken eines weißen Kommissariats-Ochsen, um sich ordentlich einzuüben und mit den Farben zustande zu kommen, braun in schwarz zu schattieren, daß es ganz ächt aussah. – Wenn Rip einen Fehler hatte, so waren es seine vielen Abzeichen, aber sie waren dafür sehr regelmäßig, und Ortheris setzte seinen ganzen Stolz darin, ein Meisterwerk zustande zu bringen, als er den Hund des Kantinen-Sergeanten in seiner Gewalt hatte. – Es hat wohl niemals einen Köter gegeben von solch' schlechtem Charakter, und er wurde auch nicht besser dadurch, daß man seinen Schwanz um einen und einen halben Zoll verkürzte.

Aber man mag von den Königlichen Akademien halten, was man will, ich habe noch nie ein Tierstück gesehen, welches die Kopie übertraf, die Ortheris von den Abzeichen Rips hergestellt hatte, während das Bild selbst die ganze Zeit die Zähne fletschte und Rip an die Kehle wollte, der wie ein Engel da stand und sich abmalen ließ.

Ortheris war auch selbst von sich so aufgeblasen, daß man einen Ballon damit hätte steigen lassen können, und er war so entzückt von seinem falschen Rip, daß er darauf bestand, ihn selbst zu Mrs. De Sussa zu bringen, ehe sie abreiste. – Aber Mulvaney und ich ließen das nicht zu, denn wir kannten Ortheris seine Leistungen; wenn sie auch noch so kunstvoll waren, so gingen sie doch nicht bis auf die Haut.

Und endlich bestimmte Mrs. De Sussa den Tag ihrer Abreise nach Munsooree-Pahar. Wir sollten Rip in einem Korbe zur Station bringen und im letzten Augenblick abliefern, dann wollte sie uns das Geld geben – so wurde es ausgemacht.

– Und auf mein Wort, es war hohe Zeit, daß die Sache zu Ende kam, denn die gefärbten Stellen auf dem Rücken der Bestie verbrauchten eine Unmasse Farbe, damit sie sich nicht veränderten, und Ortheris hatte schon 7 Rupien und 6 Annas in dem ersten Droguisten-Geschäft von Calcutta dafür verausgabt.

Und der Kantinensergeant suchte überall seinen Hund, und die Wut des Biestes verbesserte sich auch nicht, da er immer an der Kette gehalten werden mußte.

Es war am Abend, als der Zug nach Howrah abging, und wir Mrs. De Sussa mit ihren 60 Koffern halfen und dann den Korb überreichten. – Ortheris, voll Stolz auf sein Werk, bat, ob er uns begleiten dürfte, und konnte es dann nicht lassen, den Deckel ein wenig zu lüften und das Biest zu zeigen, wie es zusammengerollt da lag,

›Oh,‹ sagte die alte Person, ›diese Schönheit! wie süß er aussieht!‹ Und als dann die Schönheit anfing, zu knurren, und ihre Zähne zeigte, schloß Mulvaney den Deckel und sagte: ›Sie müssen recht vorsichtig sein, meine Gnädige, wenn Sie ihn herausnehmen. Er ist nicht gewohnt, auf der Eisenbahn zu fahren, und wird seine wirkliche Herrin vermissen und seinen Freund Learoyd. – Sie müssen das seinen Gefühlen zu gut halten.‹

Sie wollte alles und noch viel mehr für den guten Hund, für den lieben Rip thun, und sie wollte den Korb nicht öffnen, ehe sie nicht Meilen weit weg wäre, aus Furcht, daß ihn jemand erkennen könne, und wir wären wirklich gute Soldaten, ja, das wären wir, und damit händigte sie mir ein Bündel Banknoten ein, und dann kamen einige

Freunde und Verwandte, um ihr Lebewohl zu sagen – es waren nicht mehr als 75 – und dann machten wir, daß wir fort kamen.

Was aus den 350 Rupien geworden ist? Das kann ich Euch wirklich nicht sagen, aber zum Schmelzen haben wir sie gebracht, ja, das haben wir. Es ging in drei gleiche Teile, denn Mulvaney sagte, wenn auch Learoyd zuerst Mrs. De Sussa in den Weg kam, so war ich es doch, der zur rechten Zeit auf den Sergeantenhund verfiel, und Ortheris war das Genie, was aus dieser greulichen Mißgeburt ein Kunstwerk schuf. Um jedoch ein Dankopfer zu spenden, daß ich durch diese schlechte alte Person nicht zu einem Schurkenstreiche verleitet wurde, will ich Vater Victor eine Kleinigkeit für die Armen schenken, für die er ewig bettelt.

Aber ich und Ortheris, er ein Cockney, und ich noch viel weiter nördlich zu Hause, konnten dieses nicht recht einsehen. Wir hatten nun einmal das Geld und wollten es auch behalten. Und das thaten wir – wenn auch nur für kurze Zeit.

Nein, wir hörten niemals wieder etwas von dem alten Frauenzimmer. Unser Regiment kam nach Pindi, und der Kantinensergeant verschaffte sich einen andern Köter an Stelle des früheren, der so regelmäßig verloren ging und zuletzt auf Nimmerwiedersehen verschwand.

Das trunkene Heimatskommando.

Eine furchtbare Geschichte hatte sich abgespielt. Mein Freund, der Gemeine Mulvaney, der neulich mit der Serapis nach der Heimat gefahren war, als er ausgedient hatte, war als Civilist nach Indien zurückgekehrt. Dinah Shadd war an allem Schuld. Sie konnte sich mit den niedrigen kleinen Löchern von Wohnungen nicht abfinden und vermißte ihren Diener Abdullah mehr, als sich in Worten ausdrücken läßt. Es war eben eine traurige Thatsache: die Familie Mulvaney hatte zu lange hier im Auslande gewohnt und das Heimatgefühl für England verloren.

Mulvaney war mit einem Unternehmer einer der neuen indischen Centralbahnen bekannt und bat ihn um irgend eine Anstellung. Der Unternehmer antwortete, wenn er die Ueberfahrt bezahlen könne, wolle er ihm aus alter Freundschaft das Kommando über einen Trupp Kulis geben. Das Gehalt betrug 85 Rupien monatlich, und Dinah Shadd hatte gesagt, wenn Terence nicht annähme, würde sie ihm das Leben zu einem irdischen Fegefeuer machen. Deshalb kamen die Mulvaneys als Civilisten herüber. Das war für den Mann eine arge Demütigung; er versuchte auch immer, sie zu bemänteln, und erzählte stets, er sei Oberst bei der Eisenbahn und ein sehr einflußreicher Herr.

Er schrieb mir auf einem Werkzeugformular eine Einladung, ihn zu besuchen, und ich kam denn auch zu den kleinen, wunderlich gebauten »Bungalows« dicht an der Bahn. Dinah Shadd hatte, wo sie nur konnte, Erbsen gepflanzt, und von der Natur waren ringsum auf dem Platz alle Arten von grünem Gebüsch verstreut. Mulvaney hatte sich gar nicht verändert; nur der Wechsel in seiner Kleidung war beklagenswert, aber dem war nicht abzuhelfen. Er stand gerade auf seiner Lowry und redete in einen seiner Leute hinein; seine Haltung war noch so stramm wie immer, und sein starkes, dickes Kinn war eben so blank gekratzt wie in alter Zeit.

»Ich bin jetzt ein Civilist,« sagte Mulvaney; »können Sie sich vorstellen, daß ich jemals ein Kriegsmann war? Aber antworten Sie nicht, Herr, wenn Sie zwischen einem Kompliment und einer Lüge schwanken. Mit Dinah Shadd ist nichts mehr aufzustellen, seit sie ihr eigenes Haus hat. Gehen Sie hinein, um in der guten Stube eine

Tasse Thee aus Porzellan zu trinken. Nachher wollen wir hier unter dem Baum einen christlichen Trunk thun. Heda, schwarze Bande! Ein Sahib ist gekommen, mich aufzusuchen, und das ist mehr, als er je für Euch thun würde; es sei denn, Ihr liefet davon. Vorwärts! Die Erde ausgehoben und aufgetragen; seid fleißig bis Sonnenuntergang!«

Als wir Drei dann gemütlich unter dem dicken » *sisham*« vor dem Bungalow saßen und die erste Flut von Fragen und Antworten über die Gemeinen Ortheris und Learoyd und die alten Zeiten und Orte sich verlaufen hatte, sagte Mulvaney nachdenklich: »Es ist ja ganz schön, daß morgen keine Parade ist und man von keinem aufgeblasenen jungen Korporal angeschnauzt werden kann. Aber ich weiß doch nicht ... Es ist hart, etwas zu sein, was man nie war und auch nie geglaubt, mal zu werden! Die schönen alten Tage für immer hinweggewischt wie die Namen aus der Liste. Ja, ja! Ich bin schimmelig geworden, und unser Herrgott will nicht, daß ein Mann seiner Königin sein ganzes Leben lang dient.«

Er that einen festen Zug und seufzte schrecklich.

»Du solltest Dir Deinen Bart stehen lassen, Mulvaney,« sagte ich, »dann würdest Du Dich nicht mehr über solche Sachen beunruhigen; Du würdest ein wirklicher Zivilist sein.« Dinah Shadd hatte mir im Zimmer anvertraut, wie gern sie es sehen würde, wenn Mulvaney sich den Bart wachsen ließe.

»Das gehört sich auch für einen Civilisten,« sagte deshalb die arme Dinah, die wütend wurde, wenn ihr Mann sich fortwährend nach dem alten Leben zurücksehnte.

»Dina Shadd, Du bist eine Schande für einen ehrlichen, glatt rasierten Mann,« entgegnete Mulvaney, ohne mir zu antworten. »Laß Dir selbst an Deinem Kinn einen Bart stehen, mein Herzblatt, aber laß gefälligst meine Rasiermesser in Ruh. Sie sind das einzige, was mir den letzten Rest meiner Selbstachtung noch erhält. Und wenn ich mich nicht rasieren wollte, würde ich stets von einem schändlichen Durst gequält werden, denn nichts dörrt die Kehle mehr aus als ein langer, alter Ziegenbart, der einem unterm Kinn herumbaumelt. Du möchtest doch nicht, daß ich immer trinke, Dinah Shadd? Deshalb hältst Du mich auch jetzt wieder so grausam trocken. Gieb mal den Whisky her!« Der Whisky wurde hingereicht und zurückgegeben. Aber Dinah Shadd, die sich eben so begierig wie ihr Mann nach den alten Freunden erkundigt hatte, fuhr mich an: »Ich schäme mich für Sie, Herr, daß Sie hierher kommen – der Himmel weiß es, daß Sie gerade so willkommen sind wie das liebe Sonnenlicht, wenn Sie wirklich mal kommen – und meinem Mann solchen Unsinn über allerlei Dinge in den Kopf setzen, die er lieber vergessen sollte. Er ist jetzt eben Civilist, und Sie sind überhaupt nie etwas anderes gewesen. Können Sie denn nicht die Armee mal ruhen lassen? Es ist doch nicht gut für Terence.«

Ich suchte Schutz bei Mulvaney, denn Dinah Shadd hat ein eigenartiges Temperament. »Laß gut sein, laß nur gut sein,« sagte Mulvaney zu Dinah; »es kommt doch nur ab und zu mal vor, daß ich von der alten Zeit rede.« Dann wandte er sich zu mir. »Sie sagten, dem ›Trommelstock‹ gehe es gut. Seiner Frau auch? Ich wußte nie, wie sehr ich den grauen Schinder lieb hatte, bis ich von ihm und Asien getrennt war.« Trommelstock war der Spitzname des Obersten, der Mulvaneys altes Regiment führte. »Werden Sie ihn bald wiedersehen? He? Dann sagen Sie ihm doch« – Mulvaneys Augen fingen zu leuchten an – »sagen Sie ihm vom Gemeinen ...«

»Vom Herrn Terence!« schrie Dinah Shadd.

»Hol der Teufel und alle seine Engel und das ganze Firmament den ›Herrn‹; und die Sünde, so zu fluchen, komme auf Dein Konto, Dinah Shadd. Vom Gemeinen, sage ich. Vom Gemeinen Mulvaney den unterthänigsten Gruß; und wenn ich nicht gewesen wäre, so würden sich die letzten Reservisten auf dem Meer jetzt noch in den Haaren liegen.«

Er warf sich im Stuhl zurück, lachte in sich hinein und schwieg.

»Madame Mulvaney,« sagte ich, »bitte: nehmen Sie den Whisky fort, und geben Sie ihn nicht eher wieder her, als bis er die Geschichte erzählt hat.«

Dinah Shadd nahm flink die Flasche fort und sagte dabei: »Es ist nichts, worauf er besonders stolz sein könnte.« Mulvaney aber, der so doppelt gereizt wurde, begann: »Es war Dienstag vor acht Tagen. Ich war mit den Trupps am Eisenbahndamm beschäftigt und hatte die Arbeiter gelehrt, Tritt zu halten und das Schreien dabei zu unterlassen. Da kam ein Vorarbeiter auf mich zu; das Hemd hing ihm am Nacken heraus, und sein Gesicht hatte einen verzweifelten Ausdruck. Herr, sagt er, ein ganzes Regiment Soldaten und noch ein halbes sind da oben an der Weichenstelle und schlagen wie blind und toll auf alles los. Aufhängen wollten sie mich mit meinen eigenen Kleidern, und es wird noch Mord und Totschlag geben, ehe die Nacht kommt. Sie sagten, hierher würden sie auch kommen, um uns zu wecken. Was werden wir mit unseren Frauensleuten anfangen?

Hol' meine Lowry her, sagte ich; mein ganzes Herz zitterte mir immer im Leibe bei dem geringsten Ereignis, das mit der Uniform der Königin zusammenhängt. Hole meine Lowry und sechs stramme Leute, und dann rollt mich hinauf bis zum Knotenpunkt.«

»Er zog seinen besten Rock an,« sagte Dinah Shadd vorwurfsvoll.

»Das war zu Ehren der Königin-Witwe. Ich konnte nicht weniger thun, Dinah Shadd.

Du unterbrichst aber mit Deinen Abschweifungen immer den Gang der Geschichte. Hast Du schon mal überlegt, wie ich aussehen würde, wenn mir der Kopf ebenso glatt rasiert wäre wie das Kinn? Merke Dir das, mein Herzblatt.

Dann wurde ich sechs Meilen in der Lowry herumgefahren und konnte einen Blick auf das Kommando werfen. Ich konnte mir denken, daß es ein durchziehendes Kommando war, das in die Heimat ging, denn hier in der Gegend steht ja leider kein Regiment.«

»Gott sei Dank!« murmelte Dinah Shadd. Aber Mulvaney hörte es nicht.

»Als ich ungefähr drei Viertelmeilen vom Biwak entfernt war, hörte ich das Lärmen und Toben der Kerls; und bei meiner Seele, Herr, ich konnte die Stimme von Peg Barney heraushören! Er schrie wie ein Büffel, der Leibweh hat. Sie kennen doch noch Peg Barney von der D.-Kompagnie, den roten, haarigen Burschen mit einer Narbe hier am Kinnbacken? Peg Barney, der voriges Jahr bei der Jubiläumsfeier des Blue-Light-Regiments mit dem Küchenschrubber den Kehraus machte!

Da wußte ich denn, es war ein Kommando vom alten Regiment, und mir wurde angst und bang um den armen Jungen, der es anführte. Wir sind doch immer schwer zu bändigen gewesen. Habe ich Ihnen schon mal, erzählt, wie Horker Kelley einmal ganz splitternackt, wie Phoebus Apollonius, mit den Hemden des Korporals und der Mannschaften unter dem Arm in die Wachtstube kam? Und das war noch ein Zahmer. Aber ich komme von meiner Geschichte ab. Es ist schmachvoll für beide, das Regiment und die Armee, wenn solche Jungens von Offizieren abgeschickt werden, um ein solches Kommando von handfesten Leuten zu führen, die ganz toll sind von Schnaps und der Aussicht, Indien zu verlassen, und bei denen jede Bestrafung, die nötig wäre, zwischen der Garnison und dem Hafen verboten ist. Das ist eben der Unverstand. Wenn ich meine Zeit diene, bin ich unter den Kriegsartikeln und kann nach ihnen am Pfahl geprügelt werden. Aber wenn ich meine Zeit abgedient habe, dann bin ich ein Reservemann, und die Kriegsartikel gehen mich nichts mehr an. Ein Offizier kann einem Reservemann gar nichts thun; nur in die Kaserne kann er ihn einsperren. Das ist eine komische Bestimmung, weil ein Reservemann keine Kaserne mehr hat, denn er ist ja die ganze Zeit auf dem Marsch. Das ist ein Salomo von einer Bestimmung. Den Mann möchte ich wohl mal kennen lernen, der die gemacht hat. ... Es ist leichter, junge Pferde vom Kibbereen-Pferdemarkt nach Galway zu bringen, als solch ein schlimmes Kommando auch nur zehn Meilen über Land zu führen. Und dabei diese Bestimmung, aus Furcht, die Mannschaften könnten von den jungen Herren Offizieren zu sehr geschunden werden. Als ob das ein Unglück wäre!

Je näher meine Lowry an das Lager heran kam, desto wilder wurde die Sache, und desto lauter hörte man Peg Barney brüllen. Es ist nur gut, daß ich hier bin, dachte ich bei mir selbst, denn Peg macht allein schon zwei oder drei Mann zu schaffen. Der Kerl ist doch sicher voll wie ein Ochsentreiber. Das weiß ich schon ... Teufel noch mal! Wie sah das Biwak aus! Die Zeltstricke waren alle windschief befestigt, und die Pfähle sahen eben so betrunken aus wie die Leute. Etwa fünfzig warens, die Herumtreiber und Lüdriane, des Teufels Lieblingskinder vom alten Regiment. Ich kann Ihnen sagen, Herr, sie waren betrunkener, als Sie in Ihrem ganzen Leben einen Menschen gesehen haben. Wovon diese Leute betrunken werden? Wovon wird eine Padde dick? Sie saugen es eben durch die Haut ein.

Peg Barney saß auf der Erde; er hatte einen Stiefel an, den anderen ausgezogen, schwenkte eine Zeltstange mit seinem Stiefel dran um seinen Kopf herum und sang dabei, daß ein Toter aufwachen konnte. Es war kein schöner Sang, den er anstimmte, – nein! Es war die Teufelsmesse.«

»Was ist denn das?« fragte ich.

»wenn ein fauler Junge aus dem Heere ausgestoßen wird, dann singt er, um einen guten Abgang zu haben, die Teufelsmesse. Das heißt: er flucht auf alles, vom kommandierenden General herunter bis zum Stubenältesten, – flucht so gräulich, wie Sie es wohl noch nie gehört haben. Es giebt Leute, die können fluchen, daß der grüne Rasen platzt. Haben Sie mal den Fluch in einer Orange Lodge gehört? Die Teufelsmesse ist noch zehnmal schlimmer, und Peg Barney sang sie und schwenkte dabei seine Zeltstange mit dem Stiefel dran für jeden, den er verfluchte, einmal um den Kopf herum. Eine furchtbar laute Stimme hatte er, und schon im nüchternen Zustande konnte er schrecklich fluchen. Ich stellte mich dicht vor ihn hin; aber nicht nur mit meinen Augen konnte ich merken, daß Peg voll war wie eine Haubitze. Guten Tag, Peg, sagte ich, als er nach einem Fluch auf den General-Adjutanten Luft schnappte. Meinen besten Rock habe ich angezogen, um Dich zu besuchen, Peg Barney, sagte ich.

Dann zieh' ihn nur wieder aus, gab er mir zur Antwort und fuchtelte mit dem Stiefel herum, zieh' ihn aus und tanze, Du dreckiger Civiliste, Du!

Und dann fing er an und fluchte auf den alten ,Trommelstock' und war dabei so voll, daß, er immer den Brigade-Kommandeur mit dem General-Auditeur verwechselte.

Kennst Du mich denn nicht mehr, Peg? fragte ich, obgleich mir das Blut zu Kopf gestiegen war, als er mich einen Civilisten geschimpft hatte.«

»Ihn, einen anständigen, verheirateten Mann!« jammerte Dinah Shadd.

»Nein, sagte Peg; aber betrunken, oder nicht, ich werde Dir die Haut mit dieser Schaufel vom Buckel schaben, sobald ich mit Singen fertig bin.

So? Meinst Du, Peg Barney? sagte ich; es ist klar: Du hast mich vergessen. Aber warte, ich will Deinem Gedächtnis ein bischen zu Hilfe kommen. Und dabei schlug ich ihn Zu Boden mitsamt seinem Stiefel und ging in das Lager. Das sah aus! Fürchterlich!

wo ist der Offizier, der das Detachement führt? fragte ich Scrub Greene, den winzigsten, kleinsten Wurm, der jemals herumkroch.

Hier giebt es keinen Offizier mehr, Du alter Schnüffler, sagte Scrub; wir leben jetzt in einer freien Republik. So? Wirklich? antwortete ich; na, dann bin ich O'Connell, der Diktator, und nun sollst Du mal lernen, Dich höflicher mit Deinem Schandmaul auszudrücken. Dabei schlug ich ihn nieder und ging zum Offizierzelt.

Da war ein neues junges Kerlchen, so eins, wie ichs bisher noch nicht gesehen hatte. Er saß in seinem Zelt und that, als wenn er von dem Lärm draußen nichts hörte.

Ich grüßte militärisch. Für mein Leben gern hätte ich ihm die Hand geschüttelt, als ich eintrat; aber sein Säbel, der am Zeltpfahl hing, hielt mich zurück.

Kann ich Ihnen dienen, Herr? fragte ich. Das ist ja ein Stück Arbeit für einen ganzen Mann, das man Ihnen da aufgebürdet hat, und Sie werden wohl vor Sonnenuntergang Hilfe brauchen können. Es war ein Junge mit dem Herzen auf dem rechten Fleck, Kind und echter Gentleman zugleich.

Setzen Sie sich, sagte er. Nicht vor Ihnen, Herr Offizier, antwortete ich; und dann erzählte ich ihm von meiner früheren militärischen Stellung. Ich habe von Ihnen gehört, sagte er. Sie haben die Stadt Lungtungpen überrumpelt.

Bei Gott, dachte ich, das ist Ehre und Ruhm! Denn Leutnant Brazenose war es, der diesen Coup ausführte. Ich stehe Ihnen zu Diensten, Herr, sagte ich, wenn ich nützen kann.

Man hätte Sie aber nicht mit dem Kommando hierher schicken sollen, denn, nichts für ungut, Herr, sage ich, nur der Leutnant Hackerston vom alten Regiment kann einen Heimattransport bändigen.

Ich habe bis jetzt solche Leute noch nicht geführt, sagte er, mit den Federn auf dem Tische spielend, und ich sehe aus den Bestimmungen . . .

In die Bestimmungen sehen Sie lieber gar nicht hinein, Herr, sagte ich, bis die Truppen auf dem blauen Wasser schwimmen. Nach den Bestimmungen müssen Sie die Leute für die Nacht zusammenhalten, sonst überfallen sie meine Arbeiter und stellen alles hier in der Gegend auf den Kopf. Können Sie sich auf Ihre Unteroffiziere verlassen, Herr?

Ja, sagte er.

Gut, sage ich, denn noch ehe es dunkel ist, wird es was zu thun geben. Marschieren Sie morgen, Herr?

Ja. Bis Zur nächsten Station, sagt er.

Desto besser, sage ich; es wird sehr viel zu schaffen geben.

Man darf nicht allzu streng gegen die Mannschaften auf einem Heimattransport sein, sagt er; die Hauptsache ist doch, daß man sie aufs Schiff bekommt.

Ja! Sie haben das Wichtigste Ihrer Aufgabe wohl erfaßt, Herr, sage ich; aber kleben Sie nicht zu sehr an den Bestimmungen, sonst bekommen Sie die Leute nie in das Schiff. Ganz sicher nicht. Oder es würde nicht ein Fetzen ihrer ganzen Kleidung übrig bleiben, wenn Sie zu sehr danach verfahren wollten.

Es war ein zu netter kleiner Kerl, der Offizier, und weil ich ihm das Herz ein bischen stärken wollte, erzählte ich ihm, was ich mal in Ägypten bei solch einem Transport gesehen habe.«

»Was war denn das, Mulvaney?« fragte ich.

»Siebenundfünfzig Mann saßen da am Ufer eines Kanals und lachten über einen kleinen, unmündigen Offizier, den sie veranlaßt hatten, im Schlamm herumzuwaten und die Sachen aus den Booten zu werfen, für sie, die großmächtigen Herren Barone... Mein Offizier schäumte bei dieser Geschichte vor Wut.

Immer ruhig Blut, sagte ich; Sie haben Ihr Kommando seit der letzten Garnison wohl ein bischen aus der Hand verloren. Warten Sie die Nacht ab; Sie werden sehen, was Sie zu thun bekommen.

Wenn Sie gestatten, Herr, werde ich mal im Lager herumhören und mit meinen alten Freunden reden. Es würde zwecklos sein, jetzt den Teufelsradau unterdrücken zu wollen.

Damit ging ich in das Lager hinaus und suchte jeden einzelnen auf, der noch nüchtern genug war, um sich meiner zu erinnern.

Ich galt etwas in den alten Tagen, und die Jungens waren auch alle vergnügt, als sie mich sahen; nur einer nicht: Peg Barney. Ein Auge hatte der wie eine Tomate, die fünf Tage auf dem Markt gelegen hat, und eine dazu passende Nase. Alle kamen heran zu mir und schüttelten mir die Hände, und ich erzählte ihnen dann, ich sei in Privatbeschäftigung mit einem eigenen Einkommen und hätte ein Gesellschaftszimmer, das es mit dem der Königin aufnehmen könne, und mit meinen Schnurren und Geschichten und sonstigem Getreibe beruhigte ich sie denn auf die eine oder andere Weise, während wir durch das Lager spazierten. Es ging toll her, selbst als ich mir Mühe gab, den Friedensengel zu spielen.

Ich sprach mit meinen alten Unteroffizieren – die waren nüchtern – und mit ihrer Hilfe brachten wir das ganze Kommando zur richtigen Zeit in die Zelte hinein. Da kam der kleine Offizier zu uns heraus; so ruhig und höflich, wie man's nur wünschen konnte.

Schlechte Quartiere, Leute, sagte er; aber Ihr dürft nicht verlangen, daß es so bequem hier ist wie in der Kaserne. Wir müssen es uns einrichten, so gut es geht. Ich habe heute bei vielen dummen Streichen ein Auge zugedrückt, aber jetzt ist es genug damit.

Ja, es ist genug. Komm her, mein Junge, und trink einen, sagte Peg Barney und taumelte auf dem Fleck, wo er stand.

Der junge Offizier bewahrte seine ruhige Haltung.

Du bist ein eigensinniges Schwein, bist Du, sagte Peg Barney; und darüber fingen die Leute im Zelt an zu lachen.

Na! ... Ich erzählte schon: mein junger Offizier hatte Haare auf den Zähnen. Er versetzte Peg Barney einen Schlag ins Gesicht, ganz dicht an das Auge, das ich ihm schon bei unserer ersten Begrüßung gequetscht hatte. Peg stürzte zusammen und stolperte über das Zelt weg.

Bindet ihn an, Herr, sagte ich leise.

Bindet ihn an, rief mein junger Offizier laut, gerade als ob er beim Bataillon-Exerzieren kommandierte.

Die Unteroffiziere packten Peg Barney, der nur noch ein heulender Klumpen war, und in drei Minuten war er fest gebunden; Kopf herunter, straff gezogen ... über seinen Bauch, einen Zeltpflock an jedem Arm und Bein, fluchend, daß ein Neger blaß werden konnte. Ich nahm noch einen Pflock und stemmte ihn zwischen seine gräulichen Kinnbacken. Da hast Du was zum beißen, Peg Barney, sagte ich; die Nacht über friert's noch und da hast Du Zerstreuung nötig, bis es Morgen wird. Aber nach den Bestimmungen müßtest Du auf eine Kugel unter dem Galgen beißen, Peg Barney, sagte ich.

Das ganze Kommando war aus den Zelten zusammengeströmt und beobachtete, wie Peg Barney angebunden wurde.

Das ist gegen die Bestimmungen. Er hat ihn geschlagen, brüllte Scrub Greene, der immer ein Rechtsgelehrter war, und ein paar Leute stimmten in das Geschrei ein.

Den Kerl auch anbinden! rief mein junger Offizier, der seine Fassung bewahrte, und die Unteroffiziere packten auch Scrub Greene und banden ihn fest dicht neben Peg Barney. Ich konnte sehen, welchen Eindruck das auf die Leute machte. Sie standen da und wußten nicht, was sie sagen sollten.

Geht in Eure Zelte, sagte mein junger Offizier. Sergeant, stellen Sie einen Posten vor die beiden!

Die Mannschaften schlichen in ihre Zelte zurück wie Schakals, und es war während der übrigen Nacht nicht der geringste Lärm; nur den Tritt des Postens bei den Gebundenen hörte man, und Scrub Greene heulte wie ein Kind. Es war eine kalte Nacht; und wahrhaftig: Peg Barney wurde durch die Kälte nüchtern.

Kurz vor der Reveille kam mein junger Offizier heraus und befahl: Macht die Leute los, und dann schickt sie in ihre Zelte. Serub Greene ging fort, ohne ein Wort zu sagen; nur Peg Barney stand ganz steif vor Kälte da, wie ein Schaf, und versuchte dem Offizier verständlich zu machen, daß es ihm leid thue, den Bock gespielt Zu haben.

Da war kein Nachzügler im Kommando, als es zum Weitermarsch antrat, und der Teufel soll mich holen, wenn ich ein Wort von ‚Ungesetzlichkeit' gehört hätte.

Ich ging zum alten Fahnen-Sergeanten und sagte: Laßt mich in Ruhm sterben, sagte ich. Ich habe heute einen Mann gesehen.

Er ist wirklich ein Mann, sagte der alte Hother. Das Kommando ist so eingeschüchtert wie ein Hering in der Tonne. Alle werden wie die Lämmer bis zur See marschieren. Der Junge hat Haare auf den Zähnen wie eine ganze Garnison von Generälen.

Amen! sagte ich, das Glück sei ihm hold überall, wo er ist, auf dem Lande oder auf der See. Laßt mich doch wissen, wie das Kommando flott wird.

Und wissen Sie, wie es wurde? Dieser Junge – ich erhielt schon einen Brief aus Bombay – hat ihnen herunter bis an die See die Seele aus dem Leibe gezwiebelt. Von der Stunde an, wo sie mir aus den Augen kamen, bis zu dem Augenblick, da sie an Deck kletterten, ist nicht einer von ihnen mehr als gebührlich betrunken gewesen. Und bei den heiligen Kriegsartikeln: als sie abfuhren, schrien sie ihm Beifall zu, bis sie nicht mehr schreien konnten, und das, hören Sie, ist noch nie bei einem Heimatkommando vorgekommen, so lange ein noch lebender Mensch denken kann. Sehen Sie diesen Jungen an. Der hat es in sich. Nicht jedes Kind würde sich so über die Bestimmungen hinwegsetzen und den Peg Barney auf den Wink eines klapprigen alten Gerippes, wie ich eins bin, niederschlagen. Ich wäre stolz, unter ihm zu dienen...«

»Terence, Du bist doch ein Civilist!« sagte Dinah Shadd warnend.

»Ja, das bin ich... Ja! Es ist wirklich, als ob ich's manchmal ganz vergäße! Aber er war ein Edelmann, der ganze Junge, und ich bin doch nur ein Sandschipper mit einer Molle auf den Schultern... Sie haben den Whisky schon in der Hand, Herr. Mit Ihrer gütigen Erlaubnis trinken wir auf das alte Regiment! Drei Finger hoch! Aufgestanden!« Und wir tranken.

Der solide Muldoon.

Sahst du schon John Malone mit dem nagelneuen Hut?
Ach, so stolz geht einher nur ein Herr von blauem Blut.
Fahnen, Banner, aller Orten Kleider neuster Mode schon,
Doch der feinste Kerl von allen, das ist Meister John Malone.

John Malone.

Hinter dem Kugelfang hatte ein großartiger Hundekampf zwischen Learoyds Jock und Ortheris seinem Blue-Rot stattgefunden, beides unächte Rampur-Hunde, in der Hauptsache bestehend aus Rippen und Zähnen. Der Kampf dauerte zwanzig glückliche und heulende Minuten, und dann klappte Blue-Rot zusammen. Ortheris bezahlte drei Rupien an Learoyd, und wir waren alle sehr durstig. Ein Hundekampf ist eine sehr aufregende Unterhaltung, ganz abgesehen von dem Geschrei, weil Rampur-Hunde immer über mehrere Ackerstücke hinweg ihre Kämpfe abhalten, Später, als das Konzert der gegen die Bierflaschen anklingenden Koppelschlösser verhallt war, schweifte die Unterhaltung ab von den Hundekämpfen zu Männerkämpfen aller Art. Die Kämpfe von Männern gleichen in gewisser Beziehung denen der Rothirsche. Ein beliebiges Gespräch über Kämpfe erweckt in ihrer Brust immer weitere Kampfesgeschichten, und zuletzt schreien sie sich gegenseitig an, wie ein paar sich herausfordernde Hirsche.

Das ist bemerkenswert auch für Leute, die sich dem Gemeinen der Linie für überlegen dünken: es zeigt den verfeinernden Einfluß der Civilisation und den Fortschritt der Kultur.

Eine Erzählung rief die andere hervor und jede Erzählung mehr Bier. Sogar Learoyds träumende Augen fingen an zu leuchten, und er entledigte sich einer langen Geschichte, bei der ein Ausflug nach Malham Cove, ein Mädchen in Pateley Brigg, ein Arbeiter, er selbst und ein Paar Gummischuhe zu einem weit verzweigten Knoten verwickelt waren.

»Und so spaltete ich ihm den Kopf vom Kinn bis zu den Haaren, und er mußte deshalb einen Monat zu Bett liegen,« schloß Learoyd nachdenklich.

Mulvaney fuhr aus seinen Träumen – er lag auf dem Boden – und präludierte mit den Absätzen in der Luft. – »Du bist ein Mann,« sagte er mit kritischer Miene, »doch hast du nur gegen Männer gekämpft, und das kommt alle Tage vor, aber ich habe es mit einem Gespenst aufgenommen, und das kommt nicht häufig vor.«

»Nicht?« rief Ortheris, einen Kork nach ihm werfend. »Na, denn halte mal eine Rede ans Haus und gieb deine Erlebnisse zum besten. Sind sie größer, wie gewöhnlich?«

»Sie sind die lebendige Wahrheit,« antwortete Mulvaney, indem er seinen langen Arm ausstreckte und Ortheris beim Kragen packte.

»Wie ist dir nun, mein Sohn? Willst du mir noch mal das heilige Wort aus dem Munde nehmen?« Er schüttelte ihn, um der Frage den gehörigen Nachdruck zu verleihen.

»Nein, aber was anderes will ich,« rief Ortheris und that einen geschickten Griff nach Mulvaneys Pfeife, erfaßte sie und hielt sie in Armeslänge ab.

»Ich werfe sie in den Graben, wenn du mich nicht losläßt.«

»Verfluchter Hallunke, du. Es ist das einzige kleine Ding, was ich immer geliebt habe. Behandle sie zart, oder du fliegst über die Gasse. Wenn die Pfeife zerbräche!

»Oh! Herr, geben Sie sie mir wieder zurück.«

Ortheris hatte den Schatz in meine Hand übergehen lassen. Es war eine vollständig unbeschädigte Thonpfeife, so glänzend wie eine schwarze Billardkugel. – Ich nahm sie ehrfurchtsvoll entgegen, aber hielt sie noch fest.

»Wollt Ihr uns auch den Kampf mit dem Gespenste erzählen, wenn ich sie zurückgebe?« sagte ich.

»Kommt es Ihnen auf die Geschichte an? Natürlich will ich es. Es war überhaupt meine Absicht. Ich nahm nur meinen besonderen Weg, dahin zu gelangen, wie Popp Doggle sagte, als er dabei abgefaßt wurde, eine Patrone von der Mündung aus zu laden. – Ortheris, fall ab.« – Er ließ den kleinen Londoner los, nahm seine Pfeife wieder hin, füllte sie, und seine Augen fingen an zu leuchten. Er hat die sprechendsten, die ich jemals gesehen habe.

»Habe ich Euch schon mal erzählt,« begann er, »was ich früher für ein Hauptkerl war?«

»Hast du,« sagte Learoyd mit kindlicher Feierlichkeit, was Ortheris veranlaßte, laut aufzulachen, denn Mulvaney tischte uns immer seine großen Verdienste aus den alten Tagen auf.

»Habe ich Euch schon mal erzählt,« fuhr Mulvaney ruhig fort, »daß ich früher noch ein ganz anderer Kerl war, als ich heute bin?«

»Jesus Maria! Glaubst du das wirklich?« rief Ortheris.

»Als ich Korporal war – ich wurde ja nachher wieder abgesetzt – aber wie gesagt, als ich Korporal war, war ich ein ganz verfluchter Kerl.«

Fast eine Minute lang schwieg er, während seine Gedanken unterdessen in alten Erinnerungen herumstöberten, und seine Augen glühten. Dann biß er auf seinen Pfeifenstiel und ging auf die Geschichte los.

»Ja, das waren große Zeiten. Jetzt bin ich alt. Meine Haut ist runzelig geworden, das Schildwachestehen hat meinen Dünkel gebrochen, und dazu bin ich ein verheirateter Mann. Aber ich habe meine Tage gehabt, ich habe meine Tage gehabt, und nichts kann die Erinnerung an sie verwischen. Ach! die schönen Tage, als ich mich zwischen Reveille und Zapfenstreich über jedes der 10 Gebote hinwegsetzte, das vom lieben Nächsten handelt, als ich den Schaum vom Bierkrug wegblies, meinen Schnurrbart mit dem Rücken der Hand strich und bei alledem so ruhig schlief, wie ein Kind. Aber sie ist vorüber – sie ist vorüber und wird niemals wiederkehren, auch wenn ich eine ganze Woche von Sonntagen darum beten wollte. Gab es denn aber auch irgend jemanden vom alten Regiment, der den Korporal Terence Mulvaney erreichte, wenn es sich um Verführungskünste handelte? Ich bin keinem begegnet. – Jede Frau, die keine alte Hexe war, war in den Tagen des Nachlaufens wert, und jeder Mann war mein bester Freund, oder – ich hätte ihn geprügelt, und wir wußten, was das beste von beiden war.

»Als ich Korporal war, würde ich nicht mit dem Obersten getauscht haben, nein, auch nicht mit dem kommandierenden General. Ich wollte Sergeant sein. Es gab nichts anderes, was ich sein wollte. Himmlische Mutter, sieh mich an! Was bin ich jetzt.

»Wir lagen in einem großen Kantonnement – es hat keinen Zweck, Namen zu nennen, denn die Kasernen könnten dadurch leicht in schlechten Ruf kommen, – und die ganze Welt gehörte mir nach meiner Ansicht, und ein oder zwei Frauen dachten dasselbe. Ein kleiner Tadel für sie. Nachdem wir hier ein Jahr lang gewesen waren, heiratete Bragin, der Fahnensergeant von der E.-Kompagnie, ein Mädchen, das bis dahin Jungfer einer hohen Dame in der Station war. Sie ist schon tot – die Annie Bragin – sie starb im Kindbett in Kirpa Tal, oder es kann auch Almorah gewesen sein, vor sieben – nein, neun Jahren, und Bragin verheiratete sich wieder. – Aber sie war eine reizende Frau, als Bragin sie in die Gesellschaft der Kaserne einführte. Sie hatte Augen, wie die Tupfen eines Schmetterlingsflügels, der von der Sonne beschienen wird, und eine Taille, nicht stärker wie mein Arm, und eine kleine, süße Knospe von einem Munde, für den ich durch ganz Asien gelaufen wäre, und wäre es mit Bajonetten gespickt gewesen, wenn ich ihn hätte küssen dürfen. – Und ihr Haar war so lang, wie der Schwanz von unserem Obersten seinem Chargenpferde – verzeiht, daß ich das alte Biest in demselben Atemzuge mit Anna Bragin nenne – und es war wie gesponnenes Gold, und es gab eine Zeit, wo ein Blick darauf für mich mehr Wert hatte, wie Diamanten. Es gab niemals eine hübsche Frau, und ich habe deren einige gekannt, die der Annie Bragin auch nur annähernd gleichkam.

»Es war in der katholischen Kapelle, wo ich sie zuerst sah. Ich ließ meine Augen wie gewöhnlich umherfliegen, um zu sehen, ob irgend etwas zu sehen da war. Du bist zu gut für Bragin, meine Liebe, dachte ich bei mir selbst, aber das ist ein Versehen, was ich wieder ins Gleichgewicht bringen kann, oder mein Name müßte nicht Terence Mulvaney sein. »Nun nehmt mein Wort darauf, Ortheris, du, und du, Learoyd – hütet Euch vor den Wohnungen der verheirateten – wie ich es nicht that. Dabei kommt nie etwas gutes heraus, denn Ihr riskiert immer, daß man Euch mal auffindet, mit der Nase im Dreck liegend, mit einem dicken Knüppel auf Eurem Hinterkopf und mit den Händen Flöte blasend auf den Stufen eines anderen Mannes Thürschwelle.

»So haben wir O'Hara gefunden, den Rafferty vor sechs Jahren tötete, weil er bis an sein Ende mit geschniegeltem Haar herumlief und in einemfort Larry O'Rourke vor sich hinflüsterte. Kümmert

Euch nicht um die Wohnungen der Verheirateten, sage ich, – ich that es ja; es ist ungesund, gefährlich und noch vielmehr, es ist schlecht, aber – bei meiner Seele, es ist süß, so lange wie es dauert.

»Ich war immer um sie herum, wenn ich dienstfrei war und Bragin nicht, aber ich habe doch nie ein süßes Wort während der Unterhaltung von Annie Bragin bekommen. Es ist der Eigensinn ihres Geschlechts, sagte ich mir, machte einen anderen Knick in die Krempe meines Hutes, hielt den Rücken wieder straff – er war damals der Rücken eines Tambourmajors – und ging fort, als ob ich mir keine Sorgen weiter machte, über alle die Frauen in dem Viertel der Verheirateten lachend. Ich war überzeugt, – wie es die meisten jungen Kerls sind, meine ich, – daß kein Weib vom Weibe geboren mir widerstehen könnte, wenn ich nur den kleinen Finger nach ihm ausstreckte. Ich hatte auch Grund, so zu denken, bis ich Annie Bragin kennen lernte.

»Von Zeit zu Zeit, wenn ich da so in der Dunkelheit herumstrich, schlich ein Mann an mir vorbei, sachte, wie eine Katze. Das ist seltsam, dachte ich, denn ich bin doch der einzigste Mann hier in der Gegend oder sollte es doch sein. – Zum Teufel, kann Annie dabei im Spiel sein? Dann nannte ich mich selbst einen Schuft, daß ich so etwas nur denken könnte. Aber der Gedanke wollte mir nicht aus dem Kopfe. Und das, merkt Euch, ist die Art eines Mannes.

»Eines Abends sagte ich zu Frau Bragin: ›Ich will keine Respektswidrigkeit begehen, aber wer ist der Korporal – ich hatte seine Tressen gesehen, wenn ich auch sein Gesicht nie erkennen konnte – wer ist der Korporal, der immer kommt, wenn ich weggehe?‹

›Himmlische Mutter,‹ sagte sie, bleich werdend wie mein Koppelriemen, ›haben Sie ihn auch gesehen?‹

»›Ihn gesehen?‹ erwiderte ich; ›natürlich habe ich ihn gesehen. Wünschten Sie, daß ich ihn nicht sehen sollte, dann – wir hatten schwatzend im Dunkeln an der Außenseite der Veranda von Bragins Wohnung gestanden – dann mußten Sie mich mehr bitten, die Augen zuzumachen. Wenn ich aber nicht irre, so kommt er da gerade.‹

»Und wirklich, der Korporal kam auf uns zu und ließ den Kopf hängen, als wenn er sich vor sich selber schämte.

»»Gute Nacht, Frau Bragin,‹ sagte ich kalt, ›Ich will mich lieber nicht in Ihre Liebschaften hineinmischen; aber Sie müssen solche Sachen doch mit mehr Schicklichkeit behandeln. Ich gehe Zur Kantine« sagte ich.

Ich drehte mich auf dem Absatz, herum, ging fort und schwor, dem Kerl eine Lektion zu geben, daß er für 4 Wochen und 8 Tage lang aufhören sollte, um die Wohnungen der verheirateten herumzustreifen. Ich war noch keine zehn Schritte gegangen, als Annie Bragin mir am Arm hing, und ich konnte fühlen, daß sie am ganzen Körper zitterte.

»Bleiben Sie bei mir, Herr Mulvaney,« sagte sie, »Sie sind wenigstens Fleisch und Blut. Nicht wahr?«

»Das bin ich« rief ich, und mein Aerger ging in eine andere Erregung über, »Ist es nötig, daß mir das zweimal gesagt wird, Annie?« Damit schlang ich meinen Arm um ihre Taille, denn bei Gott, ich bildete mir ein, sie hätte auf Gnade und Ungnade kapituliert, und die Kriegsehren gehörten mir.

»Was soll der Unsinn?« sagte sie und stellte sich dabei auf die Spitzen ihrer kleinen niedlichen Zehen, »Die Muttermilch ist ja kaum trocken auf Ihrem unverschämten Munde, lassen Sie mich los.«

»Haben Sie denn nicht eben gesagt, daß ich Fleisch und Blut wäre?« erwiderte ich, »und ich habe mich seitdem nicht verändert,« sagte ich und behielt meinen Arm, wo er war

»Behalten Sie Ihren Arm für sich.« rief sie, und ihre Augen sprühten. »Ja, so ist nun die menschliche Natur,« sagte ich und behielt meinen Arm immer noch, wo er war.

»Natur oder nicht Natur« rief sie. »Sie nehmen Ihren Arm fort, oder ich sage es Bragin, der soll die Natur in Ihrem Kopfe mal anderen Sinnes machen, wofür halten Sie mich denn?« sagte sie.

»Für eine Frau und die reizendste in der ganzen Kaserne.«

»Eine Ehefrau,« erwiderte sie, »und die ehrbarste der ganzen Garnison.«

Na, da ließ ich denn meinen Arm los, trat zwei Schritt zurück und salutierte, denn ich sah jetzt, daß sie auch meinte, was sie sagte.

»Dann können Sie mehr sehen, als mancher andere, der viel dafür geben würde, wenn er das auch könnte, woran konnten Sie das erkennen?« fragte ich der Wissenschaft halber.

»Sie müssen die Hand beobachten,« sagte Mulvaney; »wenn sie die Hand fest zuschließt, den Daumen bis zu den Knöcheln, dann nehmen Sie Ihren Hut und gehen fort; Sie machen sich nur lächerlich vor sich selbst, wenn Sie bleiben. Aber wenn die Hand offen auf dem Schöße liegt, oder wenn Sie sehen, daß sie versucht, sie zu schließen, und kann es nicht, dann vorwärts; sie bringt es dann nicht weiter, als zu schelten!«

»Also, wie gesagt, ich trat zurück, salutierte und wollte fortgehen.

»Bleiben Sie bei mir,« sagte sie. »Sehen Sie, da kommt er schon wieder.« Sie zeigte nach der Veranda und – ist eine größere Unverschämtheit denkbar – der Korporal kam aus Bragins Wohnung.

»›Das hat er schon die letzten 5 Abende so gemacht,‹ rief Annie Bragin. ›Gott, was soll ich anfangen?‹

»›Er wird es jetzt nicht mehr wiederholen,‹ sagte ich, denn ich war kampfesmutig.

»Nehmt Euch vor einem Manne in Acht, der mit so einem Stückchen unglücklicher Liebe zu thun hat, bis das Fieber bei ihm vorbei ist. Er wütet wie ein unvernünftiges Tier.

»Ich ging auf den Kerl in der Veranda los und wollte ihm, so wahr ich hier sitze, den Garaus machen. Er schlüpfte ins Freie.

»Was haben Sie hier herumzustreichen, Sie Gossenschaum, Sie?‹ sagte ich höflich, um ihn zu warnen, denn ich wollte ihn nicht unvorbereitet lassen.

»Er dachte nicht daran, seinen Hut abzunehmen, sondern sagte ganz traurig und melancholisch, als ob er glaubte, ich würde ihn bemitleiden: ›Ich kann sie nicht finden,‹ sagte er.

»›Bei meiner Ehre,‹ rief ich, ›du hast zu lange gelebt, du mit deinem Suchen und Finden in der Wohnung einer ehrsamen verheirateten Frau. Halt mal den Kopf hoch, du frecher Erzhallunke,‹ sagte ich. ›Du sollst alles finden, was du brauchst, und noch mehr.‹ Aber er hielt ihn nicht hoch, und ich holte aus, um ihn von der Schulter bis dahin, wo das Haar kurz ist, über den Augenbrauen zu treffen.

›Das wird deine Sache schon erledigen,‹ sagte ich, aber beinahe erledigte es meine eigene, anstatt der seinigen. Ich legte mein ganzes Gewicht in den Schlag, aber ich traf überhaupt nichts und renkte mir fast die Schulter aus. Der Korporal war nicht mehr da, und Annie Bragin, die uns von der Veranda aus beobachtet hatte, gab Fersengeld und lief davon wie ein Hahn, wenn sein Hals von einem Tambourjungen bedroht ist.

»Ich ging ihr nach, denn eine lebendige Frau und gar eine Frau wie Annie Bragin ist etwas anderes, wie ein ganzer Exerzierplatz voll Gespenster. Ich hatte bis dahin noch nie eine ohnmächtig gewordene Frau gesehen und stand da, wie ein abgeschlachtetes Kalb, fragte sie, ob sie tot wäre, und bat sie bei der Liebe zu mir und der Liebe zu ihrem Gatten und der Liebe zur heiligen Jungfrau, sie möchte doch nur ihre gesegneten Augen wieder auf machen, und gab mir selbst alle Schimpfnamen unter der Sonne, daß ich sie mit meiner miserablen Liebschaft gequält hätte, und ob ich etwa zwischen ihr und dem Korporal gestanden hätte, der wohl seine Stubennummer ganz vergessen haben müßte. Ich erinnere mich nicht mehr, was für Unsinn ich da zusammenredete, aber es war mir doch noch möglich, draußen jemand gehen zu hören. Es war Bragin, der zurückkehrte, und im selben Augenblick kam auch Annie wieder zu sich. Ich sprang in die entfernteste Ecke der Veranda und machte ein Gesicht, als ob ich Butter im Munde hätte, die nicht schmelzen wollte. Aber Frau Quinn, des Quartiermeisters Frau, hatte Bragin erzählt, daß ich immer um Annie beschäftigt sei.

»›Ich bin garnicht mit Dir zufrieden, Mulvaney,‹ sagte Bragin, sein Seitengewehr abschnallend, denn er war im Dienst gewesen.

»›Das höre ich nicht gern,‹ erwiderte ich, und ich merkte, daß die Sache zum Klappen kommen würde.

»›Weshalb, Sergeant?‹ sagte ich.

»›Komm mal heraus,‹ sagte er, ›und ich werde Dir zeigen, warum.‹

»›Ich bin bereit,‹ rief ich, ›aber meine Tressen sind noch nicht so alt, daß ich sie gern verlieren möchte. Sagt mir deshalb, mit wem ich herausgehen soll,‹ sagte ich. –

»Er war ein lebhafter und rechtschaffener Mann und konnte sich denken, wie es mir nachher ergehen würde.

»›Mit Frau Bragins Gatten,‹ sagte er. Er mochte wohl daraus, daß ich diese Gunst von ihm erbat, gemerkt haben, daß ich ihr kein Leid zugefügt hatte.

»Wir gingen hinter das Arsenal, und ich prügelte auf ihn los, und während der ersten zehn Minuten war alles, was ich thun konnte, daß ich ihn verhinderte, sich selbst mit meinen Fäusten zu töten. Er war wütend wie ein stummer Hund, er schäumte fast. Aber er hatte keine Chancen mir gegenüber, weder in Kunstgriffen, noch in Erfahrung oder sonst etwas.

»›Wollt Ihr nun Vernunft annehmen?‹ sagte ich, als ihm der Atem zum erstenmale ausging.

»›Nicht, so lange ich noch sehen kann,‹ erwiderte er.

»Darauf schlug ich ihm mit beiden Fäusten, einer nach der anderen, ins Gesicht, obgleich er sich durch richtige Auslage mit dem Arm, die er schon als Junge gelernt hatte, dagegen wehrte, und die Augenbrauen klappten herunter bis auf die Backenknochen, wie der Flügel einer kranken Krähe.

»›Wollt Ihr nun Vernunft annehmen, Ihr braver Mann?‹ rief ich.

»›Nicht, so lange ich noch sprechen kann,‹ erwiderte er taumelnd und blind wie ein Uniformsknopf nach dem Biwak. Es that mir leid, es zu thun, aber ich ging um ihn herum und schlug von der Seite gegen seine Kinnladen, daß sie sich um einen halben Zoll nach links verschoben.

»›Wollt Ihr nun Vernunft annehmen?‹ rief ich; ›ich kann mich nicht länger mäßigen, und es sieht ja fast so aus, als wollte ich Euch Schaden zufügen.‹

»›Nicht, so lange ich noch stehen kann,‹ murmelte er aus irgend einem Winkel seines Mundes heraus. Deshalb machte ich Schluß, warf ihn hin – blind, stumm und krank, und stemmte ihm die Kinnlade wieder in die Richte.

»›Ihr seid ein alter Narr, Herr Bragin,‹ sagte ich.

»›Und du bist ein junger Dieb,‹ sagte er, ›und du hast mir das Herz gebrochen, du zusammen mit Annie.‹

»Dann fing er an zu weinen, wie ein Kind, wo er lag. Ich wurde so traurig, wie ich es nie zuvor gewesen war. »Es macht einen schrecklichen Eindruck, einen großen Mann weinen zu sehen.

»›Ich will beim Kreuze schwören,‹ sagte ich.

»›Ich gebe auf deine Eide nichts,‹ erwiderte er.

»›Kommt zurück in Euer Quartier,‹ sagte ich, ›und wenn Ihr dem Lebenden nicht glauben wollt, dann, bei Gott, sollt Ihr auf den Toten hören,‹ sagte ich.

»Ich nahm ihn auf und trug ihn zurück in seine Wohnung. ›Frau Bragin,‹ sagte ich, ›hier ist einer, den Sie rascher heilen können, als ich.‹

»›Du hast mich vor meiner Frau blamiert,‹ wimmerte er.

»›Habe ich das?‹ rief ich. ›Wenn ich Frau Bragin ansehe, so glaube ich, steht mir eine schlimmere Lektion bevor, als ich Euch erteilt habe.‹

»Und das stimmte! Annie Bragin war außer sich vor Unwillen. Es gab keinen Namen, den eine anständige Frau in den Mund nehmen kann, den ich nicht auf den Weg bekam. Ich habe meinen Obersten 15 Minuten lang im Ordonnanzzimmer um mich herum gehen sehen, wie ein Böttcher um das Faß, weil ich als ein unangebundener Nachtwandler in die Eckkneipe gegangen war. Aber alles das, was ich von seiner Raspe von Zunge über mich ergehen lassen mußte, war Ingwerlimonade gegen das, womit mich Annie überschüttete. Und das, merkt Euch, ist die Art und Weise einer Frau.

»Als sie aufgehört hatte aus Mangel an Atem und sich über ihren Gatten beugte, sagte ich: ›Ja, es ist alles wahr, ich bin ein Schuft, und Sie sind eine tugendhafte Frau, aber wollen Sie ihm nicht auch mal von dem Dienst erzählen, den ich Ihnen geleistet habe?‹

»Gerade, als ich dieses ausgesprochen hatte, kam plötzlich der Korporal wieder auf die Veranda, und Annie Bragin schrie laut auf. Der Mond war aufgegangen, und wir konnten sein Gesicht erkennen.

»›Ich kann sie nicht finden,‹ sagte er und war wieder verschwunden, wie der Schein eines Lichtes.

»›Alle Heiligen stehen mir bei,‹ rief Bragin, sich bekreuzigend, ›das war Flahy vom Tyrone-Regiment.‹

»›Wer war das?‹ rief ich, ›denn er hat mir heute viel zu schaffen gemacht.‹

»Bragin erzählte uns dann, daß Flahy ein Korporal war, der seine Frau hier in der Wohnung vor 3 Jahren an der Cholera verlor und darüber in Wahnsinn verfiel, und der, als sie ihn begraben hatten, noch immer umher wandelt um sie zu suchen.

»›So,‹ sagte ich Zu Bragin, ›dann ist er aus dem Fegefeuer entschlüpft, um die letzten 14 Tage hier jeden Abend bei Frau Bragin zuzubringen. Ihr könnt mit Frau Quinn nun von meiner Liebe sprechen, denn ich weiß, sie hat Euch davon erzählt, und Ihr habt ihr gelauscht. Sagt ihr, sie müßte doch eigentlich den Unterschied zwischen einem Manne und einem Gespenste kennen. Sie hat drei Männer gehabt,‹ sagte ich, ›und Ihr habt eine Frau bekommen, die ist viel zu gut für Euch. Wie könntet Ihr sonst zugeben, daß sie von Gespenstern und sonstigen bösen Geistern geplagt wird? Ich werde nie wieder aus Höflichkeitsrücksichten mit der Frau eines Mannes ein Wort wechseln. Gute Nacht, Ihr beide, sagte ich, und damit ging ich fort, nachdem ich mit einer Frau, einem Manne und dem Teufel gekämpft hatte, und das alles innerhalb einer Stunde. – Aus dieser Ursache gab ich auch Vater Victor eine Rupie, wofür er eine Messe für Flahys Seele lesen sollte, den ich dadurch belästigt hatte, daß ich mit meiner Faust in sein System gefahren war.«

»Eure Ansichten über Höflichkeit gehen ein bischen weit, Mulvaney,« sagte ich.

»Das kommt darauf an, von welcher Seite man sie betrachtet,« erwiderte Mulvaney ruhig. »Annie Bragin kümmerte sich niemals besonders um mich. Und deshalb hatte ich auch nicht nötig, irgend etwas für mich zu behalten, was Bragin einen Anlaß geben konnte, auf sie ungehalten zu sein – denn ein ehrliches Wort konnte ja alles aufklären. Es geht nichts über eine offene Aussprache.

»Ortheris, du Troddel, laß meine Augen mal auf jener Flasche ruhen, denn meine Kehle ist so trocken, als wenn ich dran dächte, ich sollte noch von Annie Bragin einen Kuß bekommen. Und das ist 14 Jahre her. Ja. Cork ist eine eigenartige Stadt, und der blaue Himmel darüber – und die damaligen Zeiten – die damaligen Zeiten.«

Auf der Hauptwache.

»Heilige Mutter Gottes, plagt uns denn der Teufel, daß wir uns in dieser melancholischen Gegend festgesetzt haben? wissen Sie eine Antwort darauf, Herr?«

Es war Mulvaney, der so sprach. Die Zeit der Handlung war ein Uhr in einer drückend schwülen Juninacht und der Ort die Hauptwache von Fort Amara, der verlassensten und wenigst begehrten indischen Befestigung. Was ich dort zu thun hatte, ist eine Frage, die nur den Wachtunteroffizier M'Grath und den Schließerposten angeht.

»Schlafen,« sagte Mulvaney, »ist eine überflüssige Notwendigkeit. Bis zur Ablösung werden wir kein Auge zumachen.«

Er hatte seinen Oberkörper entblößt; Learoyd tropfte von einem gehörigen Guß Wasser, den ihm Ortheris, der nur mit weißen Hosen bekleidet war, gerade über die Schultern geschüttet hatte. Ein vierter Gemeiner endlich stöhnte schwer, während er mit offenem Munde in den Schein der großen Wachtlaterne hineindöste. Die Hitze unter den steinernen Deckengewölben war entsetzlich.

»Die schlimmste Nacht, so lange ich denken kann. Donnerwetter, ist denn die Hölle los?« sagte Mulvaney. Ein glühend heißer Windstoß drang durch das Gitterthor wie eine Meereswelle, und Ortheris schimpfte.

»Ist Dir wohler, Jock?« sagte er zu Learoyd »Stecke den Kopf zwischen die Beine. In einer Minute geht es Dir besser.«

»Ist mir ganz egal. Alles wäre mir überhaupt gleichgültig, wenn mein Herz nicht so puckerte. Laßt mich sterben, Oh, laßt mich ruhig sterben!« seufzte der starke Yorkshire-Mann, der die Hitze wegen seiner Körperfülle besonders unangenehm empfand.

Der Schläfer unter der Laterne wurde für einen Augenblick wach und erhob sich auf seinem Ellbogen: »Stirb' und sei verflucht!« sagte er, »Ich bin verflucht und kann nicht sterben.«

»Wer ist denn das?« wisperte ich, denn die Stimme war mir unbekannt.

»Geborener Gentleman,« sagte Mulvaney, »ein Jahr Unteroffizier, nächstes Jahr Sergeant. Er brennt darauf, Offizier zu werden, aber er trinkt wie ein Fisch. Er ist über die Höhe, ehe das kalte Wetter kommt. Wissen Sie, so!« Damit zog er einen Fuß aus dem Schuh und berührte mit den nackten Zehen den Abzug seines »Martini«. Ortheris mißverstand die Bewegung. Im nächsten Moment wurde das Gewehr des Iren bei Seite geschleudert, und Ortheris stand vor ihm und sah ihn vorwurfsvoll an.

»Du!« sagte Ortheris. »Mein Gott, Du! wenn Du auf solche Gedanken kommst, was sollen wir dann machen?«

»Sei ruhig, kleiner Mann,« gab Mulvaney zurück, indem er ihn bei Seite schob – jedoch sehr freundlich – »fällt mir nicht ein, noch wird es mir jemals einfallen, so lange Dinah Shadd noch lebt. Ich wollte blos was zeigen.«

Learoyd krümmte sich auf seinem Lager und stöhnte; der Gentleman-Unteroffizier seufzte im Schlaf.

Ortheris nahm den Tabaksbeutel, den ihm Mulvaney anbot, und wir drei rauchten eine geraume Zeit, während die Nebelgespenster auf dem Glacis tanzten und über die glühende Ebene dahinfuhren.

»Wie wär's mit 'n guten Tropfen?« sagte Ortheris und wiegte den Kopf.

»Tantalisiere uns nicht und erzähle nichts von Trinken, oder ich stopfe Dich in Deine eigene Flinte und – und schieße Dich ab!« grunzte Mulvaney,

Ortheris lachte und produzierte aus einer Nische in der Veranda 6 Flaschen Ingwer-Limonade.

»Wo hast Du das her, Du Machiavel?« fragte Mulvanay. »Aus der Kantine ist das nicht.« »Was weiß ich, was die Offiziere trinken!« antwortete Ortheris. »Frage den Meß-Mann.«

»Du willst vor ein Kriegsgericht gestellt werden, mein Sohn,« sagte Mulvaney.

»Aber ich werde Dich diesmal noch nicht melden. Dieses Meß-Zeug ist Gold für den Magen, wie sie sagen, besonders wenn es was zu trinken ist. Das ist doch noch was! Blutiger Krieg oder ein – nein, wir haben ja die schlechte Jahreszeit jetzt. Also auf blutigen Krieg denn,« – er erhob den unschuldigen »Tropfen« gegen die vier Himmelsrichtungen. »Auf blutigen Krieg! Norden, Süden, Gsten, Westen! Jock, Du quäkender Heuschober, komm' und trink.«

Aber Learoyd war halbtoll vor Todesfurcht, denn seine Adern im Nacken wurden dicker und dicker. Er bat seinen Schöpfer, ihn doch sterben zu lassen, kämpfte aber inzwischen verzweifelt nach Lust. Zum zweiten Male übergoß Ortheris den zitternden Körper mit Wasser, und der Riese kehrte zum Leben zurück.

»Ich sehe nicht ein,« sagte er, »warum man absolut weiterleben soll – wahrhaftig, das sehe ich nicht ein. Hört, Leute! Ich, bin müde – sehr müde. Es ist nicht die Spur Wasser mehr in meinen Knochen, Laßt mich sterben!«

Die Höhlung des Deckengewölbes gab Learoyds gebrochenes Stöhnen mit dumpfem Klange zurück. Mulvaney sah mich hoffnungslos an. Ich erinnerte mich, wie Ortheris einst von der Wut der Verzweiflung gepackt worden war, an jenem traurigen Nachmittage am Ufer des Khemi, und wie er von dem geschickten Zauberer Mulvaney geheilt worden war.

»Erzähle etwas, Mulvaney!« sagte ich, »oder Learoyd schnappt über, und die Sache wird schlimmer als damals mit Ortheris. Erzähle! Auf Deine Stimme wird er reagieren.«

Noch ehe Ortheris die sämtlichen Gewehre kurzer Hand auf Mulvaneys Bett gelegt hatte, begann der Irländer mit erhobener Stimme, als ob er mitten in einer Geschichte fortführe:

»In den Kasernen oder außerhalb, wie Sie sagen, Herr, ist ein irisches Regiment eine Teufelsbande und schlimmer. Es paßt nur für einen jungen Mann mit wohlerzogenen Fäusten. Ich sage Euch, die Creme der Verworfenheit ist so'n irisches Regiment und hauende, stechende und wütende Strolche sind es im Felde. Mein erstes Regiment waren Iren – Fenier und Rebellen bis in das Herz ihres Markes waren sie – und darum schlugen sie sich für die Königliche Witwe besser, als alle anderen, wenn sie auch Iren waren. Die »Black Tyrone« hießen sie. Ihr habt wohl von ihnen gehört, Herr?«

Und ob ich von ihnen gehört hatte! Ich kannte die »Black Tyrone« als die ausgewählteste Kollektion von vollendeten Schuften, Hundedieben, Hühnerräubern, Belästigern von unschuldigen Bürgern und vor nichts zurückschreckenden Helden in der ganzen Armee. Halb Europa und Asien hat Gelegenheit genommen, die »Black Tyrone« kennen zu lernen – das Glück sei mit ihren zerrissenen Fahnen, die sie stets mit Ruhm und Ehre getragen.

»Es war eine gepfefferte und gesalzene Bande. Ich schlug einem Manne zu heftig das Koppel um die Ohren in jenen Tagen meiner Jugend und kam, nach einigen Weiterungen, die ich nicht näher erwähnen will, zum »Old Regiment« – als ein Mann, der Hände und Füße hatte. Aber wie ich Euch schon sagte, eines Tages traf ich mit den »Black Tyrone« wieder zusammen, als wir verteufelt wenig nach ihnen fragten. Orth'ris, mein Sohn, wie war doch der Name von dem Ort, an den sie eine Kompagnie von uns und eine von den »Tyrone« schickten, auf einen Hügel rauf und dann wieder runter – alles um die Paythans etwas zu lehren, was sie vorher nicht gekannt hatten? Nach dem Gefecht bei Ghuzai war es.«

»Weiß der Teufel, wie diese verfluchten Paythans den Ort nannten. Wir nannten ihn »Silvers Theater«. Daran wirst Du Dich noch erinnern, nicht?«

»Richtig – »Silvers Theater«. Ein Loch zwischen zwei Hügeln, so tief und dunkel wie ein Stalleimer und so schmal wie eine Mädchentaille. Es gab übergenug Paythans in diesem Loch – übergenug für unsere Verhältnisse – und, bei Gott, sie nannten sich großartig »Reserve«, denn sie waren von Natur ein schamloses Gesindel.

Unsere Schotten und diese Kerls, die Gurkys, verprügelten einige Paythan-Regimenter, glaube ich. Schotten und Gurkys sind nämlich Zwillingsregimenter, weil sie sich so ähnlich sind und zusammen einen heben, so oft es Gott gefällt. Wie ich sagte, schickten sie eine Kompagnie vom »Old« und eine von den »Tyrone« gegen die Hügel vor, um sie von der Paythan-Reserve zu säubern. Offiziere waren eine Seltenheit damals – Dysenterie und mangelnde Pflege hatten ihre Reihen gelichtet, wir gingen los mit nur einem Offizier bei der Kompagnie, aber es war ein Mann, der seine Füße unter sich und der Haare auf den Zähnen hatte.«

»Wer war es?« fragte ich.

»Kapitän O'Neil – Old Crook – Cruikna – Bulleen – derselbe, von dem ich Euch die Geschichte aus Birma erzählte. Ha! das war ein

Mann! Die Tyrone hatten einen Knirps von Offizier, der noch verflucht wenig zu sagen hatte, wie ich später zeigen werde. Wir und sie, wir kamen über den Kamm des Hügels: jeder auf einer Seite des Loches, und da unten lauerte diese freche Paythan-Reserve, wie Ratten in der Falle.«

»Halt, Leute!« rief Crook, der sich stets mit wahrer Mutterliebe um uns kümmerte. »Rollt einige Felsstücke auf sie herab als Visitenkarten!«

»Wir hatten noch nicht 20 Felsklötze heruntergerollt – die Paythans fluchten bereits erbärmlich – als der kleine Offizier von den Tyrone quer über das Thal schrie: »Was, den Teufel noch mal, thut ihr! Ihr werdet meinen Leuten den ganzen Spaß verderben. Seht Ihr nicht, daß sie unseren Angriff annehmen?«

»Meiner Treu, das ist ein seltener Fall!« sagte Crook. »Laßt die Klötze fort! Herunter auf sie los und Thee mit ihnen getrunken!«

»Da sind verdammte, kleine Zuckerstücke drin!« sagte der Mann hinter mir, aber Crook, der ihn gehört hatte, erwiderte lachend: »Habt Ihr nicht alle gute Theelöffel!«

»Und dann stürzten wir herunter, so schnell wir laufen konnten, Learoyd war mit seinem Fußgestell nicht in Ordnung und machte deshalb nicht mit.«

»Das ist eine Lüge!« sagte Learoyd und trug seine Pritsche näher heran, »Da – das habe ich mir dabei geholt, das weißt Du, Mulvaney!« Damit hob er die Arme, und von der rechten Achselhöhle sah man eine dünne weiße Linie quer über die Brust laufen und in der Nähe der vierten linken Rippe endigen.

»Mein Gedächtnis läßt mich im Stich,« sagte Mulvaney, ohne seine Fassung zu verlieren. Richtig, Du warst dabei. An wen dachte ich nur? An irgend jemand anders wahrscheinlich. Na gut, dann wirst Du auch noch wissen, Jock, wie wir und die Tyrone schließlich gegen die Paythans prallten – dicht zusammengepreßt, so daß jede Bewegung unmöglich war?«

»Oh! Es war ein gehöriges Gedränge! Ich wurde gequetscht, daß ich dachte, ich sollte platzen,« sagte Ortheris und rieb sich nachdenklich den Magen.

»Es war nicht gerade der geeignete Ort für einen kleinen Kerl, aber ein kleiner Kerl« – Mulvaney legte seine Hand auf Ortheris Schultern – »rettete mir damals das Leben. Da saßen wir nun – denn den Teufel noch mal, die Paythans wichen und wankten nicht, und wir auch nicht! wir sollten die Kerls ja auf den Trab bringen. Und das verdrehteste an der Sache war, daß wir und sie einander gerade in die Arme gelaufen waren und kein Schuß für geraume Zeit fiel. Es gab nur Messer und Bajonett, wenn wir mal die Hände frei hatten; und oft kam das nicht vor. Wir standen Brust an Brust mit ihnen, und die Tyrone bellten hinter uns, bissig und wütend in einer Weise, die ich mir zuerst garnicht erklären konnte. Aber späterhin sollte ich den Grund erfahren und die Paythans auch.«

»Knie an Knie!« schrie Crook lachend, als unser Sturm in dem Thal zum Stehen kam. Er umarmte einen großen haarigen Paythanen, ohne daß einer dem anderen etwas thun konnte, so sehr sie es auch wünschten.

»Brust an Brust!« sagte er, als die Tyrone uns mehr und mehr vorwärts drängten.

»Und mit dem Arm über die anderen hinweg!« sagte ein Sergeant, der hinter ihm stand. Ich sah einen Säbel an Brooks Ohr vorbeisausen und der Paythane brach, wie ein Schwein durch die Kehle gestochen, zusammen.

»Danke schön für die Aufmerksamkeit,« sagte Crook kühl, wie eine Gurke ohne Salz. »Den Platz brauchte ich gerade.« Damit drang er um die Breite eines Mannes vor, über den Paythanen hinweg. Der biß ihm den Absatz von seinem Stiefel ab im Todeskampf.

»Vorwärts, Leute!« rief Crook. »Vorwärts, Ihr schwachrückigen Lumpen!« rief er. »Soll ich etwa alle Arbeit allein thun?«

»So gingen wir vor – wir hauten, stachen und fluchten – und das Gras war so schlüpfrig, daß die Absätze nicht faßten. Gnade Gott dem Mann, der an dem Tage zu Boden fiel.«

»Sind Sie jemals in dem Ausgang vom Bums des Vic an einem vollen Abend gewesen?« unterbrach ihn Ortheris. »Es war schlimmer noch damals, denn sie wollten ihren eigenen Weg gehen, und wir stemmten uns ihnen entgegen. Ich konnte leider wenig helfen.«

»Auf Ehre, mein Sohn, das thatest Du doch. Ich deckte den kleinen Kerl mit den Knieen, so lange ich konnte, aber er sticht mit seinem Bajonett umher und wütete und mordete fürchterlich. Ein Teufelskerl, dieser Ortheris, wenn er beim Prügeln ist! – Was?« sagte Mulvaney.

»Mach keinen Ulk!« sagte der Cockney. »Ich weiß ganz gut, daß ich damals nicht viel machen konnte. Aber ich habe ihnen Kompot zu essen gegeben von der linken Flanke her, als wir ausschwärmten. Nein!« sagte er und schlug mit der Hand auf seine Pritsche. »Ein Bajonett taugt nicht für einen kleinen Kerl. – Ebensogut kann er sich eine Angelrute nehmen. Ich hasse diese Prügeleien und Raufereien, aber gebt mir eine Flinte, die was taugt, und Munition für ein Jahr im Vorrat, und ich will das Pulver die Kugel küssen lassen. Stellt mich irgendwohin, wo ich nicht Gefahr laufe, von einem schwerfälligen Trampel, wie Du, niedergetreten zu werden, und so wahr mir Gott helfe, ich schieße Dich fünfmal über den Haufen, innerhalb 7 – 800 Yards. Wollen wir es mal versuchen, Du plundriger Irländer?«

»Nein, Du Wespe. Ich habe gesehen, daß Du das kannst. Ich sage aber doch, es ist nichts besser, als ein Bajonett, das ordentlich weit reicht – dann zweimal drin rum gedreht und in Ruhe wieder zurückgezogen.«

»Scheer Dich zum Teufel mit Deinem Bajonett,« sagte Learoyd, der aufmerksam zugehört hatte. »Sieh her!« Er ergriff ein Gewehr dicht unter dem Visir und hantierte damit, wie mit einem Zweihänder.

»Sieh,« sagte er langsam. »Das ist besser als alles andere, denn Du kannst damit einem den Schädel einschlagen, und wenn er sich mit dem Arm deckt, schlägst Du ihm seine Knochen entzwei. Vorschriftsmäßig ist es ja allerdings nicht – aber ich lobe mir doch den Kolben!«

»Jeder macht es auf seine Manier, wie in der Liebe,« sagte Mulvaney ruhig. »Kolben, Bajonett oder Kugel, je nach der Natur des Einzelnen. Also, wie ich erzählte – da saßen wir fest, atmeten uns gegenseitig in das Gesicht und fluchten fürchterlich. Ortheris verwünschte die Mutter, die ihn gebar, daß er nicht drei Zoll größer war.

Dann sagte er plötzlich: »Duck' Dich, Du Lump, damit ich den Kerl über Deine Schulter weg erreichen kann!«

»Du haust mir den Kopf ab,« sagte ich und hob meinen Arm hoch. »Komm hier unter meinem Arm durch, Du kleiner blutdürstiger Halunke,« sagte ich, »aber stich mich nicht, oder ich wringe Dir die Ohren aus.«

»Und was gabst Du dem Paythan, der vor mir stand und auf mich einhieb, während ich weder Arme noch Beine rühren konnte? Was war es, warm oder kalt?«

»Kalt!« sagte Ortheris. » Ich faßte ihn unterhalb, wo die Rippen zusammengewachsen sind. Er brach glatt zusammen. Das Beste für Dich, was er thun konnte.«

»Wahrhaftig, mein Junge! Diese Drängelei, von der ich sprach, dauerte gut fünf Minuten – dann bekamen wir unsere Arme frei und drangen vor. Ich erinnere mich nicht mehr genau, was ich that, aber ich hatte absolut nicht den Wunsch, Dinah Shadd im Depot zu einer Witwe zu machen. Dann, nach einem wüsten Durcheinander-Gehaue, saßen wir wieder fest, und die Tyrone hinter uns schimpften uns Hunde und Feiglinge und andere schöne Namen, weil wir ihnen den Weg versperrten.

»Was fällt denn den Tyrone ein, so zu schimpfen?« dachte ich. »Sehen sie nicht, daß wir hier unseren Mann stehen!«

Ein Mann hinter mir bat mich flehentlich: »Laß mich vor! Um der Liebe der Mutter Gottes willen, laß mir Platz neben Dir, Du Riese!«

»Wer bist Du denn, der so gern getötet werden will?« sagte ich, ohne mich umzusehen, denn die langen Messer tanzten vor mir herum, wie die Sonne auf der Donegal-Bay flimmert, wenn es stürmt.

»Wir haben unseren Toten gehabt!« sagte er und drang weiter in mich, »unseren Toten. Noch vor zwei Tagen war er frisch und gesund. Und ich, sein Blutsvetter, habe Tim Coulan nicht beistehen können. Laß mich vor!« sagte er. »Laß mich vor, oder ich renne Dir durch den Rücken!«

»Meiner Treu,« dachte ich, »wenn die Tyrone ihren Toten gehabt haben, so helfe Gott den Paythanen heute!« Und nun wußte ich auch, warum die Iren hinter uns so wüteten.

Ich machte dem Manne Platz, und er stürzte vor – das Bajonett wie eine Heugabel vor sich. Im Augenblick hatte er es einem Paythanen durch den Leibgurt gerannt, so, daß das Eisen am Oberring abbrach. »Tim Coulan wird diese Nacht ruhig schlafen,« sagte er lachend. Aber im nächsten Moment wurde sein Kopf in zwei Hälften gespalten, und er brach zusammen, immer noch lachend.

Die Tyrone stießen und drängelten weiter, und unsere Leute schimpften auf sie, und Crook arbeitete vor uns allen herum – sein rechter Arm ging wie ein Pumpenschwengel auf und ab, und sein Revolver spie wie eine Katze. Aber es lag eine seltsame Stille auf dem Ganzen. Es war wie ein Kampf im Traum – ausgenommen für den, der gefallen war.

Als ich dem Iren Platz gemacht hatte, wurde mir so leer und verloren im Leibe zu Mute. Mir geht das so, wenn ich in Aktion bin, mit Verlaub zu sagen. »Laßt mich mal raus, Jungens,« sagte ich, indem ich mich zurückzog. »Mir wird unwohl.« Faktisch machten sie mir Platz, obgleich sie Tod und Teufel nicht Platz gemacht haben würden. Als ich frei gekommen war, wurde mir, mit Verlaub zu sagen, noch hundeelender zu Mute, denn ich hatte viel getrunken an jenem Tage.

Wohlgeborgen und fern vom Kampfe sah ich einen Sergeanten der Tyrone auf dem kleinen jungen Offizier sitzen, der Crook daran verhindert hatte, die Felsklötze herunterzurollen. Oh, er war ein schmuckes Kerlchen, und die schönsten und schwärzesten Flüche entglitten seinen unschuldigen Lippen wie der Morgentau aus einer Rose.

»Was hast Du denn da erwischt?« sagte ich zu dem Sergeanten. »Einen von Ihrer Majestät Kampfhähnchen mit aufgesetzten Sporen,« antwortete er. »Er will mich vor ein Kriegsgericht stellen.«

»Laß mich los!« sagte der kleine Offizier. »Laß mich los und zu meinen Leuten!« damit meinte er die Tyrone, die ohne alles Kommando waren – aber da hätte der Teufel selbst nicht als Offizier gepaßt.

»Sein Vater giebt meiner Mutter das Kuhfutter in Clonmel,« sagte der Mann, der auf ihm saß. »Soll ich Zu seiner Mutter hingehen und ihr sagen, daß ich ihn leichtsinnig in den Tod habe gehen lassen? Liege still, Du kleine Dynamit-Patrone – nachher könnt Ihr mich vor ein Kriegsgericht stellen!«

»Gut,« sagte ich. »Aus solchen Leuten werden unsere Generäle gemacht – aber wir müssen sie uns erhalten, was wünschen Sie zu thun, Herr Leutnant?« fragte ich höflich.

»Diese Lumpen töten – diese Kerls umbringen!« quiekte er, und seine blauen Augen standen voll Thränen.

»Und wie wollen Sie das machen?« fragte ich weiter. »Sie schießen Ihren Revolver ab, wie ein Rind ein Knallbonbon, und mit Ihrem schönen, breiten Schwerte da können Sie noch garnicht umgehen! Ihre Hand zittert ja wie Espenlaub. Bleiben Sie ruhig liegen und werden Sie erst größer,« sagte ich.

»Mach, daß Du zu Deiner Kompagnie kommst – Du bist unverschämt!« sagte er.

»Alles zu seiner Zeit,« sagte ich, »erst muß ich mal trinken.«

In diesem Moment kam Crook hinzu, blank und weiß überall, wo er nicht rot war.

»Wasser!« sagte er. »Ich bin tot vor Durst! Das wird ein großer Tag heute!«

Er trank einen halben Eimer aus und goß sich den Rest auf die Brust, und seine behaarte Haut zischte förmlich auf. Dann sah er den kleinen Offizier unter dem Sergeanten.

»Was ist denn da los?« fragte er.

»Meuterei, Herr Kapitän,« sagte der Sergeant, und der kleine Offizier fing jämmerlich an zu bitten, Crook möchte ihn doch freimachen. Aber den Deubel that Crook.

»Haltet ihn da, nur fest,« sagte er. »Es ist nichts für Kinder heute. In Anbetracht dessen,« sagte er, »werde ich Ihren eleganten, nickelplattierten Parfüm-Zerstäuber konfiszieren. Der meinige hat sich sehr unliebenswürdig aufgeführt.«

Seine Hand war schwarz von Pulver. – Die Sache schien sich nach hinten entladen zu haben. So nahm er den Revolver des kleinen Offiziers. Sie wundern sich, Herr, aber bei meiner Ehre, es geht im Felde ganz anders zu, als es im Reglement steht!

»Komm, Mulvaney,« sagte Crook. »Sollen wir hier Kriegsgericht abhalten?« Dann gingen wir zurück zu dem Tanzvergnügen. Die Paythanen waren noch nicht klein. Allzu mausig machten sie sich allerdings nicht mehr, denn die Tyrone riefen sich gegenseitig den Namen von Tim Coulan zu. Crook blieb außerhalb der Prügelei stehen und sah sich suchend mit rollenden Augen um.

»Was giebt es, Herr Kapitän?« sagte ich. »Kann ich was besorgen?«

»Einen Hornisten,« sagte er.

Ich stürzte mich in das Gedränge – unsere Leute schöpften Atem hinter den Tyrone, die wie Seelen im Fegefeuer kämpften – und traf gerade den kleinen Frehan, unseren Hornisteniungen, der mitten unter den Vordersten mit Gewehr und Bajonett um sich schlug.

»Bekommst Du dafür Deinen Sold, um Dich hier zu amüsieren, Du Knirps?« sagte ich und kriegte ihn im Genick zu fassen. »Komm heraus hier und thu Deine Pflicht!« sagte ich, aber dem Jungen war das garnicht recht.

»Einen habe ich gekürzt,« sagte er lachend, »groß wie Ihr, Mulvaney, und gut halb so häßlich. Laßt mich noch einen vorkriegen.«

Ich war ungehalten über diese persönliche Bemerkung und nahm ihn deshalb einfach unter den Arm und trug ihn zu Crook, der den Kampf überwachte, Crook knuffte ihn tüchtig, bis der Junge schrie, dann schwieg er eine Weile.

Die Paythanen begannen schließlich zu wanken, und unsere Leute schrieen laut auf. »Ausschwärmen! Vorwärts!« rief Crook. »Blase, Junge, blase, es gilt die Ehre der britischen Armee!«

Der Junge blies wie ein Taifun! Die Tyrone und wir schwärmten aus, als die Kraft der Paythanen brach, und ich sah ein, daß alles bis jetzt nur ein Herzen und Küssen gewesen war gegen das, was nun kam. Wir trieben sie in eine Erweiterung des Thales, und dann schwärmten wir aus und tanzten mit ihnen, ich kann Ihnen sagen, vornehm, das Thal hinab. Es ging reizend zu, aber doch alles nach dem Reglement. Da waren die Sergeanten an den Flügeln – Befehle schallten – und das Feuer lief von Flügel zu Flügel, und die Paythanen fielen.

Wir schwärmten aus, wenn das Thal weiter wurde, und zogen uns wieder zusammen an engeren Stellen, wie die Teile eines Fächers, und schließlich, am Ende des Thales, wo sie noch einmal Stand zu halten versuchten, bliesen wir sie rein vom Boden weg, denn wir hatten bis dahin nur wenig Munition verschossen, da das Bajonett bisher die Hauptarbeit verrichtet hatte.«

»30 Schuß habe ich bei dem Spaziergang abgegeben,« sagte Ortheris. »Die Sache war gentlemanlike. Man hätte ebensogut dabei ein feines Taschentuch und rotseidene Strümpfe tragen können. Ich habe auch mitgemacht!«

»Ihr hättet die Tyrone meilenweit bellen hören können,« fuhr Mulvaney fort, »und die Sergeanten mußten alles dranwenden, um sie von den Paythanen los zu kriegen. Sie waren toll – vollkommen toll! Crook setzte sich nieder, denn es trat nun ein Moment der Ruhe ein, nachdem wir sie das Thal hinuntergejagt hatten, und bedeckte sein Gesicht mit den Händen. Darauf kehrten auch wir zurück, unserer Natur und Veranlagung gemäß, denn die, das könnt Ihr mir glauben, leuchtete einem durch das Fell in solchen Augenblicken.«

»Jungens, Jungens,« sagte Crook vor sich hin. »Wir hätten sie lieber in der Schützenlinie angreifen sollen, dann hätten wir manches brave Leben geschont.« Er sah auf unsere Toten und schwieg.

»Lieber Kapitän,« sagte ein Mann von den Tyrone, dessen Mund dicker war, als ihn je seine Mutter geküßt hatte, und Blut spie er, wie ein Walfisch. »Lieber Kapitän,« sagte er, »wenn auch einer oder der andere in den Logen mit der Roshus-Vorstellung nicht zufrieden war, die Gallerie hat ihr Vergnügen gehabt!«

Ich erkannte den Sprecher als eine Dock-Ratte aus Dublin – einer von den Jungens, die den Pächter von Silver's Theater vorzeitig grau gemacht haben, dadurch, daß sie die Eingeweide der Bänke herausgerissen und wer weiß wo hin geworfen haben. So erinnerte ich mich des Wortes, das ich noch von der Zeit her kannte, als ich bei den Tyrone war und in Dublin lag. »Ich weiß nicht mehr, wer es war,« sagte ich, »und das ist ja auch ganz egal – aber irgendwie muß ich Dir was auswischen, Tim Kelly.«

»Seh' einer an!« rief der Mann, »Wart Ihr damals auch dabei? wir wollen es Silver's Theater nennen.«

Die Hälfte der Tyrone kannten das alte Ding und griffen den Namen auf, und seitdem nannten wir das Thal Silver's Theater.«

Der kleine Offizier von den Tyrone zitterte und schrie. Er hatte nicht mehr den Mut, so patzig aufzutreten wie zuerst, wo er den Mund voll von Kriegsgerichten hatte.

»Es wird Ihnen noch mal sehr angenehm sein,« sagte Crook, »daß wir Ihnen nicht erlaubt haben, sich zum Vergnügen tot schlagen zu lassen.«

»Ich bin ein unglücklicher Mann!« sagte der kleine Offizier.

»Stecken Sie mich in Arrest, Herr, wenn Sie wollen, aber bei meiner Seele, ich will alles andere lieber thun, als Ihrer Mutter mit der Nachricht von Ihrem Tode unter die Augen treten,« sagte der Sergeant, der auf seinem Kopfe gesessen hatte und der jetzt stramm vor ihm stand. Aber das Kind weinte nur, als ob ihm sein Herz brechen wollte.

Dann kam ein anderer Mann von den Tyrone, total vom Kampfes-Taumel erfaßt.«

»Von was, Mulvaney?«

»Vom Kampfes-Taumel. Sie müssen wissen, Herr, daß es jeden anders packt, wie in der Liebe. Ich zum Beispiel kann mir nicht helfen, mir wird immer hundeelend, wenn ich in Aktion bin. Ortheris hier hört nicht auf zu fluchen von Anfang bis zu Ende, und die einzige Gelegenheit, wenn Learoyd mal den Mund zum Singen aufmacht, ist, wenn er sich mit anderen an die Köpfe kriegt; ein Draufgänger ist er, der Jock. Rekruten schreien und weinen manchmal, manchmal wissen sie garnicht, was sie machen sollen, und manchmal wollen sie absolut jedem den Hals abschneiden und solche Dummheiten; aber einzelne thun auch einen tiefen Todestrunk beim Fechten. Dies war so einer. Er schwankte, und seine

Augen waren halbgeschlossen, und wir konnten auf 20 Schritt seinen Atem gehen hören. Er sah den jungen Offizier, kam heran und sagte schwer und schlaftrunken vor sich hin: »Laßt den jungen Wolf auch mal bluten!« sagte er. »Laßt ihn auch mal bluten!« Damit warf er die Arme in die Luft, drehte sich um sich selbst und fiel uns vor die Füße, tot wie ein Paythan, und es war keine Wunde oder Riß an ihm. Sie sagten alle, es sei nicht weiter schade um ihn, aber es war doch sonderbar mit anzusehen.

Dann begruben wir unsere Toten, denn wir wollten sie nicht gern in die Hände der Paythanen fallen lassen. Mit dem Aufsammeln beschäftigt, verloren wir den jungen Offizier fast ganz aus den Augen. Er war dabei, einem Teufel von Paythanen Wasser zu geben und ihn bequem gegen einen Stein zu betten.

»Vorsicht, Herr Leutnant!« sagte ich. »Ein verwundeter Paythane ist noch schlimmer als ein gesunder.« Wahrhaftig, noch ehe die Worte heraus waren, feuerte der am Boden Liegende auf den Offizier, der sich über ihn beugte, und ich sah seinen Helm abfliegen. Ich schlug dem Mann mit dem Kolben auf den Kopf und nahm ihm seine Pistole weg. Der junge Offizier wurde kreidebleich, denn sein halbes Haar auf dem Kopfe war versengt.

»Sagt' ich's Ihnen nicht, Herr Leutnant!« sagte ich. Von da an stand ich immer, wenn er einem Paythanen half, mit meiner Mündung dicht am Ohre des Kerls. Infolgedessen wagten sie nur zu fluchen.

Die Tyrone knurrten wie Hunde, denen man einen Knochen weggenommen hat, denn sie hatten ihren Toten gehabt und hätten am liebsten keine Seele in dem Thal verschont. Crook teilte ihnen mit, daß er jedem das Fell über die Ohren ziehen werde, wer sich nicht ordentlich aufführte.

Als ich aber erfuhr, daß es ihr erster Toter gewesen war, wunderte ich mich nicht mehr, daß sie so scharf herangegangen waren. Es ist ein schändlicher Anblick! Als ich zum erstenmale einen Toten sah, würde ich keinem Manne nördlich vom Khaibar Pardon gegeben haben – auch keiner Frau, denn die Frauen pflegten gegen Abend aus ihren Schlupfwinkeln herauszukommen – da konnte man was erleben!

Also, wir begruben nach und nach unsere Toten und trugen die Verwundeten fort. Dann erkletterten wir wieder die Hügel und sahen, wie die Schotten und Gurkys mit den Paythanen Thee tranken – eimerweise! Wir selbst sahen aus, wie eine ganz verkommene Bande von Raufbolden, denn das Blut hatte den Staub zusammengebackt, und der Schweiß durchdrang diesen Kuchen. Unsere Bajonette hingen uns wie Schlächtermesser zwischen den Beinen, und die meisten waren irgendwie verwundet.

Ein Stabs-Offizier, sauber wie eine neue Flinte, kommt herangeritten und ruft: »Was für Gott verlassene Vogelscheuchen seid Ihr denn?«

»Eine Kompagnie Ihrer Majestät Tyrone und eine vom Old Regiment,« sagte Crook ganz ruhig und wartete eine weitere Frage ab.

»So,« sagte der Stabs-Offizier. »Ihr habt wohl die feindliche Reserve vertrieben?«

»Nein!« sagte Crook, und die Tyrone lachten.

»Was zum Teufel habt Ihr dann gethan?«

»Zusammengehauen haben wir sie,« sagte Crook und ließ nun antreten, aber nicht bevor Toomey, der bei den Tyrone war, laut gesagt hatte, mit einer Stimme, die irgendwo aus seinem Magen kam: »Was zum Donnerwetter, kümmert sich dieser Papagei ohne Schwanz um unsere Angelegenheiten?«

Der Stabsoffizier wurde blau vor Aerger, und Toomey machte ihn erröten, indem er die Stimme wechselte und wie ein quängelndes Frauenzimmer sagte: »Komm und gieb mir einen Kuß, lieber Major, denn mein Gatte ist im Kriege, und ich bin allein im Depot.«

Der Stabs-Offizier machte, daß er fortkam, und ich konnte sehen, wie Crook sich schüttelte.

Toomeys Korporal schalt, aber Toomey sagte, ohne die geringste Erregung: »Laßt mich zufrieden. Ich war sein Bursche, ehe er sich verheiratete, und er weiß schon, was ich meine, wenn Ihr es nicht wissen solltet. Es geht nichts über das Leben im High life.«

»Weißt Du noch, Ortheris?«

»Gewiß. Toomey starb eine Woche später im Hospital – ich weiß es noch, denn ich kaufte seinen halben Kram; und ich erinnere mich noch – –«

»Wache rau – aus!«

Die Ablösung kam, es war 4 Uhr,

»Ich werde Ihnen eine Karte besorgen, Herr,« sagte Mulvaney und stürzte in sein Zeug. »Kommen Sie mit herauf nach dem Fort, da wollen wir weiter auskramen, in der Bude von M'Grath.«

Die abgelöste Wache trollte sich um das Haupt-Bastion herum den Weg nach der Bade-Anstalt entlang. Learoyd wurde allmählich gesprächiger. Ortheris sah in den Fortgraben und über die Ebene hinweg: »Oh, 's ist schwer, auf Dich zu warten, liebste Mary,« summte er, »aber ich würde doch lieber noch mehr solcher verflixten Paythanen umbringen, ehe ich loskomme. Krieg! Blutiger Krieg! Norden, Süden, Osten, Westen!«

»Amen,« sagte Learoyd feierlich.

»Was ist das?« sagte Mulvaney plötzlich, indem er auf ein weißes Bündel am Boden stieß, das am Fuße des alten Schilderhauses lag. Er bückte sich und faßte es an. »Herr Je – Norah – Norah M'Taggart! Nonie, mein Liebling, was machst Du zu dieser Zeit hier und bist nicht in Deiner Mutter Bett?«

Das zwei Jahre alte Kind des Sergeanten M'Taggart mußte, um einen kühlen Luftzug schöpfen zu können, bis dicht an die Böschung des Fortgrabens gewandert sein. Ihr dünnes Nachthemdchen war um ihren Hals zu einem Knäuel zusammengerollt. Sie quärrte im Schlaf. »Seh' einer an!« sagte Mulvaney. »Armes Ding! Sieh, wie feuerrot ihr unschuldiges Fellchen ist. Es ist hart, diese Hitze –grausam hart, selbst für uns. Was muß es erst für sie sein. Wach auf, Norie, Deine Mutter wird ängstlich sein Deinetwegen. Bei Gott, wie leicht konnte das Kind in den Graben fallen!«

Er nahm sie auf und setzte sie auf seine Schulter. Ihre hübschen Locken berührten die grauen Stoppeln an seiner Schläfe. Ortheris und Learoyd folgten und schlugen Schnippchen mit den Fingern, während Norah ihnen müde zulächelte. Dann jubelte Mulvaney,

hell wie eine Lerche, indem er das Kind auf seinem Arme tanzen
ließ:

> »Sag nichts davon, wenn Dich heiraten will
> Ein Jüngling mit blondem Gelock,
> Daß Du jemals schliefst in 'nem Schilderhaus
> In einem Soldatenrock!«

»Wenn auch bei meiner Seele,« sagte er ernst, »wenig von dem
Rock zu sehen war, Nonie. Hoffentlich wirst Du Dich die nächsten
zehn Jahre nicht wieder so anziehen. So, nun gieb uns allen einen
Kuß.«

Nonie wurde dicht bei den Verheirateten-Wohnungen abgesetzt.
Sie nickte mit dem ruhigen Gehorsam eines Soldatenkindes und
bot, ehe sie über die Steinfliesen abtrabte, jedem der drei Musketiere
ihre Lippen zum Kusse. Ortheris wischte sich mit dem Handrücken
den Mund und stieß einen schwermütigen Fluch aus. Learoyd wurde rot, und die beiden entfernten sich zusammen. Der Yorkshire-
mann erhob seine Stimme und ließ das Lied vom Schilderhaus er-
schallen, während Ortheris neben ihm pfiff.

»Ihr seid ja schön beim Singen,« sagte ein Artillerist, der seine
Kartusche zum Morgenschuß holte. »Ihr seid übervergnügt für
diese schwülen Tage.«

> »Ich bitte Dich, sorg für das Kind,
> Denn es ist von edler Art!«

brüllte Learoyd. Die Stimmen erstarben in der Badeanstalt.

»Oh, Terence,« sagte ich, Mulvaney ins Wort fallend, als wir allein waren, »Was kannst Du alles zusammenreden!«

Er sah mich traurig an. Seine Augen waren eingesunken und sein
Gesicht verzerrt und bleich. »Ja, Gott!« sagte er. »Ich habe ihnen
durch die Nacht hindurch geholfen, so gut es ging, aber kann der,
der anderen hilft, sich selbst helfen? Beantwortet mir das, Herr!«

Und über den Bastionen von Fort Amara brach der erbarmungs-
lose Tag an.

In Angelegenheiten eines Gemeinen.

Leute, die es gesehen haben, behaupten, eins der merkwürdigsten Schauspiele menschlicher Schwachheit sei der Ausbruch von Hysterie in einer Mädchenschule. Sie bricht ohne vorherige Anzeichen, meistens an einem heißen Nachmittage, unter den älteren Zöglingen aus. – Ein Mädchen fängt an zu lachen und lacht, bis es die Gewalt über sich verliert. Dann wirft sie den Kopf in die Höhe und giebt Töne von sich, wie eine wilde Gans, und Thränen mischen sich in ihr Gelächter ein. – Wenn die Lehrerin Erfahrung hat, wird sie in diesem Moment dazwischen fahren, um die Sache zu unterdrücken. Ist sie aber weichherzig und schickt nach einem Glase Wasser, dann ist große Gefahr vorhanden, daß ein anderes Mädchen von dem Lachen der ersten angesteckt wird, und dieses zusammenbricht. So verbreitet sich das Unglück und endet so, wie es der Untersexta einer Jungensschule entsprechen würde, mit einem Durcheinander von wüstem Geschrei und Toben. Gebt ihnen dagegen in einer solchen Woche heißen Wetters zwei tüchtige Promenaden täglich, einen ordentlichen Hammelbraten und Reismehl zum Mittagsessen, zur rechten Zeit gehörige Schelte seitens der Lehrer und einige andere Dinge, und Ihr werdet eine ganz erstaunliche Wirkung verspüren. Wenigstens sagen dieses Leute, die Erfahrung haben.

Aber die Oberin eines Pensionats und der Oberst eines Britischen Infanterie-Regimentes würden mit Recht betroffen sein, wenn man zwischen dem Berufe beider Vergleiche anstellen wollte. – Und doch ist es ein Faktum, daß unter gewissen Verhältnissen auch der Thomas in Massen bis in eine sinn- und willenlose Hysterie hineingebracht werden kann. Er weint nicht, aber er zeigt unverkennbare Zeichen eines qualvollen Zustandes, und alle die guten und tugendhaften Leute, die kaum ein Martini- von einem Schneider-Gewehr unterscheiden können, schreien: nehmt dem unzurechnungsfähigen Menschen die Waffen weg. Aber der Thomas ist durchaus nicht unzurechnungsfähig, und seine Aufgabe, die tugendhaften Leute zu beschützen, verlangt, daß er seine Waffen zur Hand hat. Er trägt keine seidenen Strümpfe, und er verdiente wirklich, mit einzelnen neuen Kraftwörtern ausgerüstet zu werden, um seinen oft bedrängten Gefühlen noch besser Luft machen zu können; aber nichts desto weniger ist er ein großer Mann. – Wenn Ihr ihn eines Tages als den »heroischen Verteidiger der nationalen Ehre« und am folgenden als »brutales und freches Kriegsvolk« tituliert, so macht Ihr ihn natürlich verwirrt, und er wird argwöhnisch auf Euch herabblicken. Es giebt niemanden, der für den Thomas spricht, außer den Leuten, die Theorien auf ihm zu verarbeiten haben, und niemand versteht den Thomas, als der Thomas selbst, und er weiß es oft gar nicht, was mit ihm los ist.

Dies wäre der Prolog. Nun kommt die Geschichte.

Der Korporal Slane war mit Miß Ihansi Mc-Kenna verlobt, die im Regimente und auch anderswo wohl bekannt war. Er hatte vom Oberst die Erlaubnis dazu erhalten, und da er bei den Mannschaften sehr beliebt war, waren alle Anordnungen getroffen, um die Hochzeit, wie der Gemeine Ortheris dieses nannte, mit »Eklat« stattfinden zu lassen. Sie fiel gerade in die heißeste Zeit, und nach der Hochzeit wollte sich Slane mit seiner jungen Frau in die Berge begeben. Nicht sein geringster Kummer war es aber, daß die Sache nur eine Mietskutschen-Hochzeit sein würde, denn er fühlte, daß der »Eklat« davon nur sehr mager ausfallen konnte. Miß Mc-Kenna berührte dieses weniger. Die Frau des Sergeanten half ihr bei der Anfertigung des Hochzeitskleides, und sie war sehr thätig dabei. Slane war gerade zu dieser Zeit der einzige Mann in den Kasernen, der einigermaßen wohlauf war; der ganze Rest befand sich mehr oder weniger in erbärmlicher Verfassung.

Und dabei hätten sie doch Ursache genug gehabt, sich glücklich fühlen zu können. Ihre ganze Tagesarbeit war um 8 Uhr Morgens beendet, und den Rest des Tages konnten sie auf dem Rücken liegen, Kantinentabak rauchen und auf die Punka-Kerls fluchen. Sie genossen Mittags eine schöne, reichliche Fleisch-Mahlzeit, und dann warfen sie sich auf ihr Lager nieder, um zu schlafen und zu schwitzen, bis es kühl genug geworden war, um mit ihren Stadtfreundinnen spazieren zu gehen, deren Vokabelschatz weniger enthielt, als 600 Wörter, ungerechnet der Kraftausdrücke, und deren Ansicht über jede erdenkliche Frage ihnen schon seit Monaten bekannt war.

Da war zunächst die Kantine und dann das Mäßigkeitsvereins-Zimmer mit den abgelesenen Zeitungen, aber niemand, er sei von jeder möglichen Profession, kann 8 Stunden täglich hintereinander lachen, bei einer Temperatur von 96–98 ° im Schatten, die zuweilen bis Mittag auf 103 ° aufläuft. Auch können nur sehr wenige Menschen, selbst wenn sie nur eine Kanne von mattem, schalem und mudligem Biere bekommen und unter ihrer Lagerstelle verstecken, 6 Stunden des Tages über fortwährend trinken. Einer versuchte es mal, aber er starb, und fast das ganze Regiment kam zu seinem Begräbnis, weil es ihnen etwas zu thun gab. – (Es war noch zu früh zur Aufregung über Fieber oder Cholera.) Die Leute kannten nichts anderes als warten und warten und warten und zusehen, wie der Schatten der Kasernengebäude langsam über den blendenden weißen Staub dahin kroch. Das war ein schönes Leben.

Sie lungerten in den Kantonnements herum – es war zu heiß dazu, irgend welche Spiele vorzunehmen, und beinahe war es auch zu heiß, um Untugenden zu begehen – betranken sich abends und füllten sich nach Herzenslust mit der gesunden stickstoffhaltigen Nahrung, die für sie vorgesehen war; und je mehr sie damit einheizten, desto weniger Bewegung machten sie sich, und desto mehr wurden sie geneigt, bei jeder Gelegenheit überzuschäumen. Dann fing diese Stimmung aber an zu verflauen, und die Leute verfielen in ein Brüten über wirkliche oder eingebildete Beleidigungen. Sie hatten eben nichts anderes zu denken. Der Ton der Entgegnungen veränderte sich, und anstatt daß sie sich offenherzig sagten: »Ich werde Dein einfältiges Gesicht einschlagen,« wurden sie ausgetiftelt höflich und gaben sich zu verstehen, daß die Kasernen für sie und ihre Gegner nicht groß genug seien, und daß für einen von beiden an einem anderen Orte mehr Platz sein würde.

Es mag der Teufel gewesen sein, der die Sache einfädelte, aber Faktum war es, daß Losson schon seit langer Zeit den Simmons in liebloser Weise gequält hatte. Es gab ihm Beschäftigung. Die beiden Leute hatten ihre Schlafstellen dicht nebeneinander und verbrachten zuweilen den ganzen langen Nachmittag damit, gegenseitig auf einander zu fluchen; aber Simmons hatte Furcht vor Losson und wagte es nicht, ihn zum Kampfe herauszufordern. Er grübelte bei der Hitze nicht weiter über die Worte und ließ dann die Hälfte seines Hasses gegen Losson an den armen Punka-Negern aus.

Losson kaufte im Bazar einen Papagei, steckte ihn in ein kleines Bauer und ließ dieses in die kühle Dunkelheit eines Brunnens herunter; dann setzte er sich an den Brunnenrand und sagte die schlechtesten Wörter, die er kannte, dem Papagei vor. Er lehrte ihn sprechen »Simons Du soor«, was so viel heißt, wie Schwein, und verschiedene andere Ausdrücke, die zur Veröffentlichung gänzlich ungeeignet sind. Er war ein großer, starker Mann und schüttelte sich immer, wie Gallerte, wenn der Papagei einen Satz richtig wiedergab.

Simmons war darüber außer sich vor Wut, denn das ganze Zimmer lachte über ihn. Der Papagei war solch ein unanständiges grünes Federklümpchen und sah dabei so menschlich aus, wenn er schwatzte. – Losson pflegte auf seiner Bettkante zu sitzen, mit den fetten Beinen zu baumeln und fragte dann den Papagei, was er über Simmons dächte. Der antwortete: »Simmons, Du soor«. Guter Junge, sagte dann Losson, indem er ihm das Köpfchen kratzte. »Hast Du gehört, Sim?« Und Simmons wendete sich um und rief: »Habe es gehört; nimm Du Dich nur in Acht, daß Du nicht nächstens auch mal was zu hören bekommst.«

In den ruhelosen Nächten, nachdem er den Tag über geschlafen, bekam Simmons Anfälle von blinder Wut, die so lange anhielten, bis er am ganzen Leibe zitterte, während er darüber nachgrübelte, auf was für verschiedene Arten er Losson umbringen könnte. Zuweilen malte er sich aus, wie er ihn mit seinen schweren Kommißstiefeln niedertrampeln und ihm das Lebenslicht ausblasen wollte, dann dachte er ihm das Gesicht mit dem Kolben zu zerschmettern, und dann wieder wollte er ihm auf die Schultern springen und seinen Kopf zurückbiegen, bis der Nackenwirbel knackte. – So brachte er sich immer in die größte Hitze hinein, bis er fieberte und oft den Arm ausstrecken mußte, um einen Schluck Bier aus der Kanne zu thun. – Aber seine Einbildungskraft beschäftigte sich doch am häufigsten und am längsten mit der großen Fettgeschwulst, die sich unter Lossons rechtem Ohr befand. Er bemerkte sie zuerst in einer mondhellen Nacht, und seitdem stand sie ihm immer vor Augen. Es war eine fascinierende Fettgeschwulst. Man konnte sie mit der Hand anfassen und dann die ganze Seite des Halses fortreißen, oder man konnte auch die Mündung eines Gewehres drauf richten und den ganzen Kopf mit einem Blitz wegblasen. – Losson hatte kein Recht, sorglos und zufrieden zu sein und sich wohl zu befinden, während er – Simmons – die Zielscheibe des ganzen Zimmers war. Eines Tages würde er denen, die immer über den Witz von »Simmons, Du soor« lachten, schon zeigen, daß er ebenso viel wert sei, wie sie, und daß er das Leben eines Mannes in der Krümmung seines Zeigefingers halte.

Wenn Losson schnarchte, haßte ihn Simmons noch grimmiger als sonst, warum konnte Losson schlafen, während er Stunde auf Stunde wachen und sich auf seinem Lager herumwälzen mußte mit dem dumpfen Schmerz, der in seiner rechten Seite nagte, und sein Kopf dabei hämmernd und schmerzend an den Folgen der Kantine. – Er dachte manche Nacht darüber nach, und die Welt schien für ihn keinen Nutzen mehr zu haben. Er stumpfte auch seinen von Natur so guten Appetit durch Bier und Tabak vollständig ab, und während alledem raisonnierte der Papagei weiter und trieb seinen Spott mit ihm.

Die Hitze hielt an, und die Stimmung sank immer mehr. Eine Sergeantenfrau starb in der Nacht am Hitzschlage, und das Gerücht verbreitete sich, es wäre Cholera. Die Mannschaften freuten sich offen darüber in der Hoffnung, diese würde um sich greifen und sie ins Lager führen. Aber das war ein falscher Alarm.

Es war spät an einem Dienstag Abend, und die Leute warteten in der tiefen Doppel-Veranda auf die letzten Posten der Retraite, als Simmons an den Schrank am Fußende seines Bettes trat, die Pfeife hervorzog und ihren Deckel mit einem Schlag zumachte, der durch die verlassenen Stuben einen Wiederhall hervorrief, wie den Knall einer Flinte. In gewöhnlicher Unterhaltung würden die Leute gar keine Notiz davon genommen haben, aber ihre Nerven waren angespannt, wie Violinsaiten. Sie sprangen auf, und drei oder vier von ihnen flogen in die Kasernenstube, um dort nur Simmons zu finden, bei seinem Schranke niederkniend.

»Ach – Du bist es?« riefen sie und lachten närrisch; »wir dachten, es wäre –«

Simmons erhob sich langsam. Wenn das zufällige kleine Ereignis seine Kameraden schon so aufregte, was würde nicht erst ein wirklich ernstes thun?

»Ihr dachtet, es wäre – sagt Ihr? Nun, was dachtet Ihr?« rief er, indem er in wahnsinnige Wut geriet und auf sie zu ging, »in die Hölle mit Eurem Denken, Ihr schmutzigen Spione.«

»Simmons, Du soor«, kicherte da der Papagei schläfrig in der Veranda, als er die wohlbekannte Stimme vernahm. Und das war in der That alles.

Die Bombe platzte. Simmons sprang an das Gewehrgestell zurück – die Leute befanden sich am anderen Ende des Zimmers – und entnahm demselben sein Gewehr und ein Paket Munition.

»Mach Dich nicht lächerlich, Sim,« rief Losson, »und stelle das Gewehr wieder weg,« aber seine Stimme zitterte dabei; ein anderer Mann aber bückte sich, zog seinen Stiefel aus und schleuderte ihn Simmons an den Kopf. Die prompte Antwort war ein Schuß, der, ins Geratewohl abgefeuert, sein Ziel in Lossons Kehle fand. Losson stürzte, ohne ein Wort zu sagen, vornüber, und die übrigen stoben auseinander.

»Das dachtet Ihr, wäre es?« schrie Simmons. »Ihr habt mich dazu getrieben. Ich sage Euch, Ihr treibt mich dazu. Steh auf, Losson, und verstelle Dich nicht. Du und Dein verfluchter Papagei, Ihr tragt die Schuld.«

Aber die ungekünstelte Wirklichkeit, wie Losson da lag, zeigte Simmons, was er gethan hatte. Die Leute schrieen in der Veranda durcheinander. Simmons steckte noch 2 Pakete mehr Munition zu sich und lief hinaus in den Mondschein, murmelnd: »Das soll eine Nacht werden! Dreißig Schuß scharf und der letzte für mich. Merkt Euch das, Ihr Hunde.«

Er ließ sich aufs Knie nieder und feuerte in den dunkelen Haufen der Leute in der Veranda, aber das Geschoß ging zu hoch und schlug mit einem fatalen »phwit« in die Backsteinwand ein, wodurch einige der jungen Kerls ganz bleich wurden. Es ist etwas anderes, wie Theoretiker schon sagen, selbst zu schießen, als beschossen zu werden.

Instinktiv loderte dann aber das Verlangen auf, den Missethäter zu verfolgen. Die Neuigkeit verbreitete sich von Baracke zu Baracke, und die Leute schwärmten aus, um Simmons einzufangen, dieses wilde Tier, welches nach dem Kavallerie-Exerzierplatz entsprungen war und hin und wieder stehen blieb, um einen Schuß und einen Fluch in die Richtung seiner Verfolger zurückzuschicken.

»Ich will Euch lehren, mich zufrieden zu lassen,« schrie er. »Ich will Euch lehren, mir Hundenamen zu geben. Kommt heran, alle, wie Ihr da seid. Herr Oberst John Anton Deever, C. B.« – er wandte sich gegen die Infanterie-Offiziermesse und drohte mit dem Gewehr – »Ihr haltet Euch für einen Hauptkerl, aber ich sage Euch, sobald Ihr mit Eurem garstigen alten Gerippe dort aus der Thür tretet, werde ich Euch zum jämmerlichsten Mann der ganzen Armee machen. Kommt heraus, Kolonel John Anton Deever, C. B.; kommt heraus und seht, wie ich im Feuer exerziere. Ich bin der schneidigste Schütze des ganzen verfluchten Bataillons.« Und um diese Behauptung zu bekräftigen, feuerte er nach den erleuchteten Fenstern des Meßhauses.

»Der Gemeine Simmons von der E.-Kompagnie, auf dem Kavallerie-Exerzierplatz mit 30 Schuß scharf,« meldete ein Sergeant atemlos dem Obersten. »Er schießt nach rechts und links und erschoß den Gemeinen Losson. Was sollen wir machen?«

Der Oberst John Anton Deever, C. B. fuhr in die Höhe, nur um durch Aufspritzen einer Staubwolke zu seinen Füßen begrüßt zu werden.

»Brecht auf, Kolonel,« rief sein Nachfolger im Kommando, »Ich würde mich nicht in seine Nähe begeben; er ist gefährlich, wie ein toller Hund.«

»Dann schießt ihn nieder, wie so einen,« rief der Oberst bitter, »wenn er es nicht anders haben will. »Und das in meinem Regiment! Wenn es die »Flachsköpfe« gewesen wären, könnte ich es eher verstehen.«

Der Gemeine Simmons hatte eine feste Position in der Nähe eines Brunnens an der Ecke des Exerzierplatzes eingenommen und forderte das ganze Regiment auf, heranzukommen. Das Regiment war aber durchaus nicht darauf versessen, dieser Aufforderung zu entsprechen, denn es ist nur eine geringe Ehre, von einem Kameraden erschossen zu werden. Nur Korporal Slane warf sich, das Gewehr in der Hand, auf den Boden und kroch wie ein Wurm auf den Brunnen zu.

»Schießt nicht,« rief er den Leuten um sich herum zu, »sonst trefft Ihr mich. Ich werde den Lump lebendig einfangen.«

Simmons hörte eine Weile lang mit Schießen auf, und das Geräusch von Wagenrädern konnte über die Ebene hinaus vernommen werden. Major Oldyne, Kommandeur der Reitenden Batterie, kam von einem Diner bei den Civilfamilien zurück und fuhr, wie es seine Gewohnheit war, das heißt, so rasch, als das Pferd laufen konnte.

»Ein Offizier, ein prachtvoller, glänzender Offizier,« kreischte Simmons. »Ich werde eine Vogelscheuche aus ihm machen.« Das Gefährt stoppte.

»Was ist hier los?« fragte der Artillerie-Major. »Was machst Du da? nimm das Gewehr ab.«

»Ah! Ihr seid es, Jerry Blazes. Mit Euch habe ich keinen Streit bekommen. Passiert in Freundschaft und damit gut.«

Aber Jerry Blazes hatte nicht die geringste Lust, bei einem gefährlichen Mörder vorbeizugehen. Er kannte keine Furcht, was die Männer seiner geliebten Batterie fest und pflichtschuldigst beschwören konnten, und sie waren sicher auch die besten Richter, denn Jerry Blazes, das war notorisch, hatten jedes Mal seinen vollen Mann gestanden, wenn die Batterie ins Feld gerückt war.

Er ging auf Simmons los mit der Absicht, sich auf ihn zu stürzen und ihn niederzuschlagen.

»Bleibt mir vom Leibe, Herr,« rief dieser. »Ich möchte Euch nichts zu Leide thun. So? Wollt Ihr doch?« Der Major rannte auf ihn los. »He, dann nehmt das!«

Der Major stürzte, von einer Kugel durch die Schulter geschossen, zusammen, und Simmons trat an ihn heran. Er hatte nicht die Genugthuung gehabt, Losson so zu töten, wie er gewollt; hier lag nun ein hilfloser Körper vor ihm. Sollte er noch eine Patrone laden und ihm den Kopf wegblasen oder sein weißes Gesicht mit dem Kolben zerschmettern? Er wurde in seiner Ueberlegung gestört, denn ein Schrei scholl über den Exerzierplatz herüber: »Er hat Jerry Blazes getötet.« – Aber unter dem Schutze der Brunnenpfeiler war Simmons gesichert, ausgenommen, wenn er heraustrat, um zu feuern. – »Ich werde Deinen Prachtkopf noch fortblasen, Jerry Blazes,« sagte er nachdenklich.

»Sechs und drei sind neun, und eine macht zehn, dann bleiben mir noch neunzehn und eine für mich selbst.« Er zerrte an dem Bindfaden des zweiten Munitions-Pakets. Korporal Slane kroch aus dem Schatten eines Hügels im Mondenschein hervor.

»Ich sehe Euch,« rief Simmons, »kommt ein bischen näher heran, ich werde Euch was schenken.«

»Ich komme,« rief Slane kurz. »Du verrichtest heute nichts Gutes, Sim. Komm da heraus und geh mit mir zurück.«

»Jawohl,« lachte Simmons, eine Patrone mit dem Daumen einschiebend. »Aber nicht eher, als bis ich Euch und Jerry Blazes erledigt habe.«

Der Korporal lag in voller Länge auf dem Boden des Exerzierplatzes, das Gewehr unter sich. Einige der weniger vorsichtigen Leute riefen ihm aus der Entfernung zu: »Schieß ihn, schieß ihn, Slane!«

»Wenn Ihr auch nur die Hand oder den Fuß bewegt,« rief Simmons, »so schieße ich zuerst Jerry Blazes den Kopf ein und nachher Euch.«

»Fällt mir auch nicht ein, mich zu bewegen,« rief der Korporal, den Kopf erhebend. »Du hast ja aber keinen Mut, Dich mit einem Mann zu schlagen, der noch auf seinen Beinen steht. Laß Jerry Blazes liegen und komm heraus zu mir mit Deinen Fäusten. Komm und schlag Dich mit mir. Aber das wagst Du ja nicht, Du niederträchtiger Lump von einem Schützen.«

»Und ob ich es wage!«

»Du lügst, Du Totschläger. Du niederträchtiger erbärmlicher Wüterich, Du lügst. Sieh her!« Slane warf sein Gewehr weg und stand auf bei Gefahr seines Lebens. »Nun komm heran.«

Die Versuchung war zu groß, als daß ihr Simmons widerstehen konnte, denn der Korporal bot in einer weißen Kleidung ein zu vorzügliches Ziel dar.

»Beschimpft mich nicht,« schrie Simmons und schoß, während er sprach. Der Schuß ging fehl, und der Schütze, blind vor Wut, warf sein Gewehr fort und stürzte aus der Deckung des Brunnens heraus auf Slane los. Als er an ihn heran war, versetzte er ihm ungestüm einen Schlag auf den Magen, aber der gewandte Korporal kannte Simmons seine schwache Seite und wußte außerdem Bescheid, wie solch ein Schlag durch ein wirksames Mittel am besten zu parieren ist. Indem er sich vorwärts beugte und das rechte Bein aufzog, bis sich der Absatz des rechten Fußes etwa 3 Zoll über der inneren Seite der linken Kniescheibe befand, begegnete er dem Stoße, auf einem Beine stehend – wie die Flamingos, wenn sie nachdenken – und auf den Niedersturz vorbereitet, der erfolgen mußte.

Ein Fluch, und der Korporal fiel hintenüber auf seine linke Seite, daß die Schienbeine an einander prallten, aber der Gemeine Simmons brach zusammen, sein rechtes Bein einen Zoll über dem Knöchel gebrochen.

»Schade, daß Du diese Parade nicht kanntest, Sim,« sagte Slane, den Staub ausspuckend, indem er aufstand. – Dann rief er mit lauter Stimme: »Kommt her, und tragt ihn fort; ich habe ihm das Bein gebrochen.« Das war nicht ganz zutreffend, denn der Gemeine hatte seinen Niederbruch selbst verschuldet, da es das besondere Verdienst jener Parade ist, daß, je stärker der Stoß, desto größer auch die Niederlage des Stoßenden wird.

Slane ging zu Jerry Blazes und beugte sich mit ängstlicher Besorgnis über ihn, während Simmons, vor Schmerzen wimmernd, weggetragen wurde. »Hoffentlich seid Ihr nicht schwer verletzt, Herr,« sagte Slane.

Der Major war ohnmächtig, und man konnte ein fürchterliches zerrissenes Loch in seinem Oberarm erkennen. Slane kniete nieder und murmelte: »Herr des Himmels, ich glaube, er ist tot. Dann wäre auch mein schönes Glück aus.«

Aber es sollte dem Major beschieden sein, seine Batterie noch manches Jahr mit ungeschwächten Nerven in das Feld zu führen.

Er wurde zurückgebracht und gehegt und gepflegt, bis er wieder gesund war, während seine Batterie über die Weisheit diskutierte, mit der Simmons ergriffen und von seinem Gewehr entfernt worden war. Sie vergötterten ihren Major, und sein Wiedererscheinen auf der Parade rief eine Szene hervor, die niemals in den Armee-Bestimmungen vorgesehen war.

Groß war auch der Ruhm, der auf Slanes Anteil kam. Die Artilleristen würden ihn am liebsten wenigstens 14 Tage lang täglich dreimal betrunken gemacht haben. Selbst der Oberst seines eigenen Regiments beglückwünschte ihn wegen seiner Kaltblütigkeit, und die Tagesblätter nannten ihn einen Helden. Diese Dinge machten ihn aber keineswegs aufgeblasen. Als der Major ihm Geld und Dank anbot, nahm der tugendhafte Korporal das eine und legte das andere abseits. – Aber er hatte eine große Bitte an den Major und richtete sie mit manchem » *Beg y' pardon, Sir*« aus. Hatte der Major die Befugnis, zu erlauben, daß die Slane-Mc-Kenna-Hochzeit durch die Gegenwart von vier Batteriepferden verherrlicht werden konnte, welche vor die gemietete Hochzeitskutsche gespannt werden sollten. Ja, der Major konnte es erlauben und that es. Und die Batterie stellte die Pferde. Selbstverständlich. – Es war eine pomphafte Hochzeit – mit dem »Eklat«.

»Warum ich so handelte?« sagte Korporal Slane. »Natürlich nur der Pferde wegen. Ihansi ist keine Schönheit, welche die Blicke auf sich zieht, aber es war nicht nach meinem Geschmack, eine Mietsequipage zu nehmen. Jerry Blazes? wenn ich nicht etwas von ihm gewollt hätte, hätte Sim meinetwegen den Prachtkopf von Jerry Blazes in Irish Stew verwandeln können.«

Und sie hingen den Gemeinen Simmons auf – hingen ihn so hoch wie Haman, das Regiment in einem Viereck um ihn versammelt, und der Oberst hielt eine Ansprache, das käme vom Trunk; und der Kaplan sagte in seiner Rede, der Teufel hätte seine Hand im Spiele gehabt; und Simmons glaubte, beide trügen die Schuld, aber er wüßte es nicht genau und hoffe nur, sein Schicksal würde eine Warnung für alle seine Kameraden sein; und ein halbes Dutzend Publizisten schrieb 2 schöne Leitartikel über das Vorherrschen von Verbrechen in der Armee.

Aber nicht eine einzige Seele dachte daran, einen Vergleich zu ziehen zwischen dem blutgierigen Simmons und dem aufschreienden, hilflosen Schulmädchen, mit welchem diese Geschichte beginnt.

Das wäre doch auch zu ungereimt gewesen.

Über tredition

Eigenes Buch veröffentlichen

tredition wurde 2006 in Hamburg gegründet und hat seither mehrere tausend Buchtitel veröffentlicht. Autoren veröffentlichen in wenigen leichten Schritten gedruckte Bücher, e-Books und audioBooks. tredition hat das Ziel, die beste und fairste Veröffentlichungsmöglichkeit für Autoren zu bieten.

tredition wurde mit der Erkenntnis gegründet, dass nur etwa jedes 200. bei Verlagen eingereichte Manuskript veröffentlicht wird. Dabei hat jedes Buch seinen Markt, also seine Leser. tredition sorgt dafür, dass für jedes Buch die Leserschaft auch erreicht wird.

Im einzigartigen Literatur-Netzwerk von tredition bieten zahlreiche Literatur-Partner (das sind Lektoren, Übersetzer, Hörbuchsprecher und Illustratoren) ihre Dienstleistung an, um Manuskripte zu verbessern oder die Vielfalt zu erhöhen. Autoren vereinbaren direkt mit den Literatur-Partnern die Konditionen ihrer Zusammenarbeit und partizipieren gemeinsam am Erfolg des Buches.

Das gesamte Verlagsprogramm von tredition ist bei allen stationären Buchhandlungen und Online-Buchhändlern wie z. B. Amazon erhältlich. e-Books stehen bei den führenden Online-Portalen (z. B. iBookstore von Apple oder Kindle von Amazon) zum Verkauf.

Einfach leicht ein Buch veröffentlichen: **www.tredition.de**

Eigene Buchreihe oder eigenen Verlag gründen

Seit 2009 bietet tredition sein Verlagskonzept auch als sogenanntes "White-Label" an. Das bedeutet, dass andere Unternehmen, Institutionen und Personen risikofrei und unkompliziert selbst zum Herausgeber von Büchern und Buchreihen unter eigener Marke werden können. tredition übernimmt dabei das komplette Herstellungs- und Distributionsrisiko.

Zahlreiche Zeitschriften-, Zeitungs- und Buchverlage, Universitäten, Forschungseinrichtungen u.v.m. nutzen diese Dienstleistung von tredition, um unter eigener Marke ohne Risiko Bücher zu verlegen.

Alle Informationen im Internet: **www.tredition.de/fuer-verlage**

tredition wurde mit mehreren Innovationspreisen ausgezeichnet, u. a. mit dem Webfuture Award und dem Innovationspreis der Buch Digitale.

tredition ist Mitglied im Börsenverein des Deutschen Buchhandels.

Dieses Werk elektronisch lesen

Dieses Werk ist Teil der Gutenberg-DE Edition DVD. Diese enthält das komplette Archiv des Projekt Gutenberg-DE. Die DVD ist im Internet erhältlich auf **http://gutenbergshop.abc.de**